Sitem

TİMAŞ YAYINLARI ■ 01
ROMAN DİZİSİ ■ 01

TİMAŞ
BASIM TİCARET VE SANAYİ
ANONİM ŞİRKETİ

Bu Kitabın Serüveni :

Sitem adlı bu kitap,
Tim Tanıtım tarafından baskıya hazırlandı.
Kitabın kapak tasarımı *Kenan Özcan*'a ait.
Baskı ve cilt takibi *Ekrem Çalış* tarafından yapıldı.
Kitabın kapak baskısı *Seçil Ofset*'te, iç baskısı *Ziya Ofset*'te,
cilt işlemleri ise *Sistem Mücellithanesi*'nde gerçekleştirildi.
25. Baskı olarak 1998 Nisan ayında yayımlandı.
Kitabın Uluslararası Seri Numarası (ISBN) : 975-7544-22-1

Londra Asfaltı No: 40
34520 Şirinevler / İstanbul
Tel: (0.212) 451 08 04 - 05 Fax: (0.212) 664 77 97 - 451 11 76

Internet : www.timas.com.tr
e-mail : timas@timas.com.tr

Sitem

AHMED GÜNBAY YILDIZ

M.E.B.
2.3.1996 tarih ve
01141 sayılı kararıyla
okullara tavsiye edilmiştir.

TİMAŞ YAYINLARI
İstanbul
1998

Ahmed Günbay Yıldız

1941 yılında Tokat'ın Reşadiye ilçesine bağlı Kızılcaören köyünde doğdu. Annesi Saniye Hanım, babası Haydar bey'dir.

Öğrenimine köyünde başladı ve on yaşına kadar orada sürdürdü. Daha sonra babasının işi dolayısı ile Ankara'ya yerleşen ailenin bir ferdi olarak, Hüseyin Güllüce Ortaokulu ve Yeni Mahalle Lisesi'nde öğrenimini sürdürdü. Bu arada Edebiyat'a ilgi duydu ve şiirler yazdı. İlk zamanlarda şiir bir tutku haline gelmişken, zamanla edebiyatın diğer dallarına ilgi duydu. Hikâyeler ve makaleleri muhtelif dergi ve gazetelerde yayınlandı.

En önemli çıkışını romanla yaptı ve romanda karar kıldı. İlk eseri "Çiçekler Susayınca"dır. İkinci eseri "Yanık Buğdaylar" ve "Figan" çeşitli gazetelerde tefrika edildi ve daha sonra kitap haline getirildi. Bunu diğer romanları takib etti.

Hayatı boyunca çeşitli insan tiplerini tanıma ve onları tahlil edebilme yeteğine sahip olan yazarımız bunları romanlarında çok iyi bir şekilde kullanabilmiştir. Yazar, eserlerinde Türk toplumunun her kesimini ele aldı ve işledi. İyi ve kötü yönleri ile İnsan ve Toplum arasındaki etkileşimin ötesindeki sebebleri tespit etti ve gözler önüne serdi. Daha sonra da çözümü net bir şekilde gösterdi.

Romanları onlarca baskı yapan yazarın Bahçemde Hazan adlı bir de şiir kitabı bulunmaktadır.

Evli ve dört çocuk babası olan yazarımız, bir kamu kurluşundan emeklidir.

Yayınlanmış romanları:

- Çiçekler Susayınca
- Yanık Buğdaylar
- Boşluk
- Sitem
- Figan
- Azat Kuşları
- Aynada Batan Güneş
- Dallar Meyveye Durdu
- Bir Dünya Yıkıldı
- Üç Deniz Ötesi
- Sokağa Açılan Kapı
- Gurbeti Ben Yaşadım
- Sular Durulursa
- Ekinler Yeşerdikçe
- Mavi Gözyaşı
- Benim Çiçeklerim Ateşte Açar
- Gönül Yarası
- Aşka Uyanmak
- Bahçemde Hazan (şiir)

SİTEM

Başına bağladığı örtü sıyrılıp omuzlarına dökülmüştü... Çatlak dudaklarının arasında beliren cılız bir ses, devrini tamamlayamadan öldü...

Yüzüne canlılık veren kanlar çekilmiş, benzi sonbahar yaprakları kadar sararmıştı...

Gidiyordu... Arzın o ağır yükü omuzlarını düşürmüş, ışıkları giderek çekilen gözleri, dünyaya sitemle bakıyordu...

Artık o berrak göklerin billur ışıkları bile kararan bahtını aydınlatmaya yetmiyordu...

Güçlükle sürüdüğü ayakları sert bir zemine takılınca, soluk benzinde ıstırap yüklü çizgiler kümelendi... Ökçesine baştığı erkek iskarpinleri, ayaklarında iğreti gibi duruyordu... Suyu çekilen boğazını ıslatabilmek için yutkundu, nefesi tıkanmış gibiydi... Gözleri yuvalarından fırlayacak gibi irildi, irildi... Arzuları, gençliği, hülyaları, her şeyi kuruyan boğazında kör düğümler atıyordu...

Arzu dolu bir isim, dilinin pervanesine takılıp presleşen dudaklarının arasına terkedilince, cılız bir sesin yorgunluğunda boğularak öldü :

— Saaaaaaa...

Onu, bu cinnet yolculuğuna çıkartan sebepler, daha da hırpaladı, yıprattı...

Sinesinde çığ gibi büyüyen buruk bir acı, kenetlenen dişlerinin arasından lav gibi taştı :

— Aaaaaah...

Saçlarının tellerinden tırnaklarının uçlarına kadar isyan doluydu. Öz benliğine bile lanet eden bu kadın, acaba hangi hatanın çilesini çekiyordu... O küskün, sitem dolu bakışlar, iskeletindeki direncin çöküntüsü, beklenmeyen yıkılış, hangi günahın eseriydi... Bu isteksiz yolculuğa neden başlamıştı?.. Hep bunları düşünerek ayaklarını yerde sürükledi...

Tıpkı, yürümesini beceremeyen, daha ayakta durabilmeyi yeni öğrenen çocuklar gibi öne arkaya yıkıla yıkıla, acılarını iç dünyasına sindire sindire, ana kucağına gidiyordu...

Gözlerinde sonsuzluk kadar uzanan yollar, bir anda tükense... Yar ocağından başlayan yolculuk, ana kucağına bağlanabilse... Belki o zaman amansız ağrılar hafifler, ıstırapları tükenmeye yüz tutardı...

Doğup büyüdüğü, gelinlik giyinip al duvak taktığı ev gözlerinde ışık ışık yanıp söndü...

Uğultulu bir ses kulaklarında aynı canlılığı taşıyor gibiydi...

— Bana kalırsa karnındaki ikiz...

— Tıpkı Ferhat'la Bahar gibi...

— Çocuk büyütmek kolay mı?

— Mine'ye ilaç yaptım, kurtuldu. İstersen seni de kurtarırım, anlıyor musun? Seni de...

— Ya Sadık?.. Sadık razı olmaz... Ölse bile razı olmaz...

— Kaza dersin olur biter, kaza... Kazaaaaaa...

Mecalsiz kalmıştı... Cılız bir hareketle kolunu kaldırıp titrek parmakları ile yüzündeki terleri sildi... Başı döndü, dengesi gittikçe bozuluyordu... Fersiz bakan gözleri, fitili tükenen lamba gibi pır pır edip kapandı... Mesafeler kısaldıkça gücünü biraz daha yitirdiğini anladı.

Bahçe kapısının söyesine sarılıp kalmıştı. Dizlerinin bağı çözük, sinirleri gergindi...

Her hâli ile fitne ordusunun kahbece zaptettiği perişan bir kaleyi hatırlatıyordu... Burcundan indirilmekte olan bayrağın gölgesinde, son nefesini harcayan neferden farksızdı...

— Sevinsinler, diye sızlandı...

Beni evlat katili yapanlar, Yaratanın huzuruna suçlu çıkmamı sağlayanlar sevinsinler...

Daha ömrünün baharında, dönülmez yollara çıktığını yeni yeni anlamışa benziyordu.

Gücünü topladığını hissedip bahçe kapısından içeriye süzüldü... Santimlerin uzayıp kilometreleştiği yollar, doğup büyüdüğü evin dış eşiğinde sona erdi... Artık dengesini sağlayamıyordu... Bir ayağı içeride, öteki ayağı dışarıda, eşiğin üzerine pelte pelte yığılıp kaldı...

— Anaaa, diye hıçkıran bir ses, evin içinde acı acı dalgalandı, yankılaştı...

Ocak başında oturan ihtiyar kadın, sesi duyunca irkildi, toparlandı... Kambur belini tuta tuta dışarı koştu... Gözleri irileşti, heyecanı büyüdü...

Kızını görmüştü...

— Seraaap! diye çığlık attı... Eşiğin üzerinde sessiz sessiz yatan kızının yakasından tutup sarstı:

— Serap! Ne oldu sana?

Feri kaçmış gözlerini, Serap güçlükle aralıyordu:

— Ana diye inledi... Beni kurtar...

Anası, şaşırıp kalmıştı... Heyecanlandı, telaşlandı, ihtiyar vücudu yıkılacakmış gibi sallandı... Ellerini kararan gözlerine götürüp ovuştururken:

— Serap, diye yalvardı... Söylesene derdin nerende?

Gözlerine hayat belirtisi veren zayıf ışıklar sönerken, anası telaşlandı... Yılların sırtında titizlikle ördüğü kambur, daha da sivrildi, vücudu yay gibi kıvrıldı... Kızının kollarından sıkıca sarılıp çekerken :

— Gayret, diye sızlandı... Gayret... Biraz daha, biraz daha...

Evin ortasına kadar güçlükle getirip tahta sedirin üzerine uzattı...Kızının baş ucuna oturup solan yüzüne baktı... Başını kaldırıp dizlerinin üzerine koydu... Tıpkı çocukluk yıllarında olduğu gibi yalvardı :

— Anan sana kurban olsun Serap'ım... Söyle neden böylesin? Anana da de ki çare arasın...

Zorla kıpırdıyan dudaklar :

— İmdat, dedi... Kurtar beni ana kurtar... Kızını öldürdüler...

Anası daha da telaşlandı, sabırsızlandı :

— Kim, kim öldürdü seni?

— Yabanın dilleri ana, cahil aklım... Gidiyorum işte, sanki bir nefeslik canım kaldı...

İçinde yiv yiv derinleşen ağrılarla irkilirken anası kızının derdini, yeni yeni anlıyordu... Harcanan her saniye evladının sonu olurdu...

Doğrulup yerinden kalktı. Serap acı bir çığlığın arkasından, ikiz çocuk zayetmişti...

Ananın yüreği soğumuştu. Kambur belini güçlükle yukarı doğrulturken elini sırtına bastırıp homurdandı :

— Ama, ben seni dünyaya getirirken zayetmeyi aklımdan bile geçirmemiştim...

Ağrılarından, sancılarından ve kendisini tehdit eden yükünden kurtulduğunu sanmıştı. Moraran dudakları lüzumsuz bir tebessüm boşalttı.

Yorgundu, iskeletini oynatamayacak kadar yorgun... Üzerine çöreklenen miskin bir ağırlık uykusunu artırmıştı...

— Ana, dedi. Öyle rahatladım ki...

Ana ağlıyordu :

— İyi, diye sızlandı.

Görünen köy kılavuz istemezdi. Ana, kızının sonunu sezdiği için ağladı. Yıpranmış beden gittikçe vücudunu terk eden kana susuyordu.

İhtiyar kadının telaşını artırdı. Önüne bağladığı peştemalını çözdü. Kızının ayağında, birlikte getirdiği iskarpinleri görüp yerden aldı. Göçe hazırlık yapan evladının kurtuluşunu düşündü... Bir tecrübesini uygulamayı akıl etti... Titrek eller ayakkabıları kızının karnına bastırıp, peştemalı sıkı sıkı üzerinden doladı. Peştemalın iki ucunu birleştirip kör bir düğümle bağladı. Bu tecrübe ananın en son umuduydu... Ya kanlar dinecek ya da... İşte buna dili bir türlü dönmüyordu. Doktora haber vermek bile beyhudeydi artık. Gecikmişti... Hastanın gittikçe sönmekte olan gözlerine bakıp konuşmasını istedi. Yalvardı :

— Konuşsana be kızını. İyiyim desene. Ananı biraz olsun rahatlatıp acılarını dindirsene...

Nuru dökülmekte olan gözler tavana çivilenmiş gibi aynı noktada ısrar etti.

Tavırlarında, hareketlerinin tamamında bezginlik alâmeti vardı. Adeta nazla kıpırdıyan dudaklar :

— Ana, diye dertlendi. Gözlerimde derin bir uyku var. Sanki kirpiklerimin üzerine tonlarca yük asılmış gibi. Açamıyorum.

— Açarsın, hele gayret et. Üzerine çöreklenen o miskin havayı dağıtmaya çalış.

Acı acı gülümsedi :

— Ana, sen de mi uykuyu ölüm zannedersin? Uyursam gözlerimi bir daha açamıyacak mıyım? Yüzüme baktıkça bunu mu hissediyorsun? Düşündüklerini söylesene. Sezdiklerini gizlemek beni kurtarmaz ki...

Acı bir ses :

— Serap... diye inlemişti... Başka şey konuşamıyordu.

— Sonum yakın, dedi. Bunu benden gizleme. Belki bir nefes, belki bir nefesten daha yakın. Sana son arzularımı söylüyorum ana. Ferhat'la Bahar'ı bana getir. Münasip bir lisanla söyle. Sadık beni affeylesin.

Ecel son arzusuna fırsat hakkı tanımıyordu. İstekleri hasret olarak kalacaktı. Evin içini yaşlı kadının acı çığlıkları doldurdu :

— Serap! Uyan uyan diyorum. Ben sana gözlerini kapatma demedim mi...

Yorgun vücut çırpındı, dizlerini dövdü, yaralı gönül ıstırap yükünün altında ezilip yere çömeldi.

Artık yenilmez acıların arasında kendisini düşünmeye başlamıştı. Daha sıcaklığı soğumamış bedenden, peştemalı çözüp ayakkabılarla birlikte alev alev yanan ocağa attı. Evin içini yanık kokusu sarmaya başlamıştı. Aklına dış kapının eşiği geldi. Eline kötü bir paçavra geçirip suya soktu. Hâlsiz ve yorgun düşmüştü. Eşiğin önünde diz çöküp paçavrayı kızıl lekelerin üzerine sürdü. İşi biter bitmez içeri girdi. Az sonra feryadı gökleri delercesine yükseldi. Ağıt sesleri yoldan geçenleri çevirecek kadar etkileyiciydi...

Serap ölmüştü... Kocası dükkânda, çocukları evde bir yanlışa kurban giden kadın ise şimdi ahiret yolundaydı... Arkada kalanların boynu bükük, belki doğmadan ölenlerin kâtili olduğundan bile habersizdi.

Serap öldü. Bir sürü yanlışı, iftirayı, zulmeti geride bırakarak daha doğrusu, günahsız bir sürü insanı çekilmez ıstırapların kucağına terkederek öldü...

Ana, göz yaşlarının ummanında boğuluyor gibiydi. Kızının bedeninde mor izler bırakan iskarpinler onu endişeye düşürdü, korkuya saldı. Bu hâl kendisinden sorulursa ne cevap verecekti? Mesele açıklığa kavuşursa hükûmet kendisini hapishaneye bile koyabilirdi...

— Bu yaştan sonra hükûmet kapılarında, hapishane köşelerinde, diye düşündü. İçinde çığ gibi büyüyen korku, onu yersiz kararlar almaya zorladı:

— Ayakkabılar, diye sızlandı. Ayakkabılar. O taze ölünün üstünde mor resimler bırakan erkek postalları... Tek kurtarıcı yol...

Fadime nine vicdanında, belki de hayatının en korkunç mahkemesini kurmuş ve yine en korkunç kararını alıyordu...

TUTUKLU

Kasaba acı bir haberle dalgalandı, bulandı. İnsafsızca esen iftira kasırgası günahsız bir adamın sonunu hazırlıyordu.

Diller, Sadık diye döndü :

— Yazık oldu Serap'a.

— Yazık oldu Sadık'a.

— Yazık oldu.

— Hâlâ inanamıyorum.

— Müslüman adamdı.

— Hayırsever insandı.

— Kasabada herkesin elinden tuttu. Dar günümüzde dostumuz oldu.

— Başka zenginlere benzemezdi.

Gayeli dönen bir dil, günahından korkmadan meraklı kafalarda istifham bıraktı :

— Vardır elbet bir sebebi.

— Yani Serap Hanım kötü müydü?

— Hâşaa... diyemem. Kardeşlerinin korkusundan kasaba illallah derken kimin haddine düşmüş?

— Öyle ise ne demek istersin?

— Hiçbir şey, deyip geçti...

— Diyemezsin elbet. Başka birisi olsa kim bilir ne kulplar takardınız.

— Basri ile Bahri'nin şerrinden korkan ne diyebilir ki...

— Kardeşleri duymuş mu?

— Duymuş. Duymuş da eve yel gibi girmişler. Jandarmalar kapılarının önünde nöbet tutarmış...

— Sadık öldü demektir.

— Ben de öyle derim. Onlar işini hükümete bırakacak adam değil...

* * *

Kasaba halkı, kara haberin fısıltısını kaynatmaya çalışıyordu. Yapısından, şeklinden, aslından tamamen ayrı olan bir haber:

— Sadık karısını öldürmüş...

Bu havadis, kenar mahallelerde dalga dalga yayılırken kasabanın merkezinde ertelendi...

Ana caddenin geçtiği meydanlık, meraklı bir hadiseye şahitlik ediyordu...

O gün kasabanın pazarıydı. Beklenmedik anda garip bir manzara oluşdu..Bir delikanlı öküzlerinin boğazına doladığı ipi çekerek gidiyordu... Daha kalabalığa yaklaşmadan durabileceği gölgeyi aradı. Hava oldukça sıcaktı. Efkâr yüklü gözleri, yolun kenarında duran jipe ve içindeki adama bakıp, kırıştı.

— Lâhavle vela kuvvete... diye sabrını tazeleyip caddenin diğer köşesine geçmeyi denedi... Rengi âniden değişti. Efkârı arttı. Hasmını görmüştü. Jipin içindeki şoföre dönüp dönüp alıcı gözüyle baktı:

— Hınzır, diye homurdandı. İblisin uşağı, demek beni takip ediyorsun...

Yürüdü... Caddenin ortasından, yedeğindeki, hayvanların ipine asıla asıla kasabaya giren caddenin sağ kesiminden sol kıyısındaki gölgeliğe geçmek için çabaladı. Sıcaktan tembelleşen hayvanlar başlarını geri geri çektikçe:

— Aksi hayvan, yürüsene, diye bağırdı. Yürü be oğlum...

Hırsından terler döküyordu. Karşıdan bir kamyonun geldiğini gördü. Aynı zamanda hasmı da jipi arkasından yavaş yavaş sürüp acı acı kornaya dokundu. Şoför şeytan şeytan güldü. Biliyordu, Hasan'ın öküzleri korna sesini duyar duymaz ürkerlerdi. Motorun gürültüsüne, kornanın cırlak sesi katılınca, ortalık müthiş bir kasırgayla savrulmaya başlamıştı... Etrafı toz duman sardı. Ve acı bir çığlık göklere merdiven kurdu...

— İmdaaaat...

Kamyon şoförü paniğe kapılmıştı. Öyle ki fren diye gaza bastı. Jipin içindeki adam karışıklığı sağlayınca jipi yolun kenarına sürdü. Hasan'ın son umudu hayvanların iplerini bırakmadan peşleri sıra sürüklenmek olmuştu... Hayvanlar kamyonun üstüne üstüne parladı. Jip olaya kaza süsü vermek için, yolun kenarındaki ağaca ustalıklı şekilde çarparak durdu. Hayvanların ikisi birden kamyonun tekerleklerinin önüne takoz olmuştu..

Meydanlık acı seslerle çalkalanırken Hasan hadisenin sarhoşluğu ile tozların arasında hayvanlarını aradı. Neye uğradığını bilememişti. Tek umudu, elinin dayanağı olan hayvanlar, tekerlerin insafsız kıskacı altında cansız yatıyorlardı.

Hasan, hasmını aradı. Hiddet kusan gözler son umudunun katilini bulmakla gecikmemişti. Koştu, yakalarından insafsızca asılıp bağırdı.

— Neden yaptın bunu!

Arkasından hırsla yapışıp çeken kamyon şöförü, Hasan'a öç alma imkânı tanımadı. Hınçla asılıp kendisine çevirdi, elinin bütün ağırlığını suratının ortasına balyoz gibi indirdi. Hasan yerde tozlara belenmişti. Kazayı görenler, şoförleri tanıyanlar onlara hak verdikleri için değil, delikanlı yabancı olduğu için hep onu suçlayıp üstelik tekmeliyorlardı.

Talihsiz genç:

— Durun, durun, diye bağırıyordu. Benim suçum yok.

Bu feryat tekmelere,bir an için bile olsa ara verdirmişti. Suçlamalara değil.

Canını dişine takıp boş bir araziye fırladı. Her şey anında vaziyet değiştiriyordu... Elini kemerinin altına indirip tabancasını çekti. Parmağını tetiğe koyup kasabayı titretircesine bağırdı:

— Hepiniz suçluya yardım ettiniz. Kımıldayan olursa kurşunlarım.

Meydanlık mahşer yerine benzemişti... Seyırciler, seyirciler ve seyirciler... Sadece seyredebilmek için yaşayan insanların güruhu...

Tehdit edilen topluluk namlunun gölgesinde titrerken kalabalığın ortasından bir adam sıyrılıp meydana çıktı. Namlunun üzerine üzerine yürürken parmakları titreyen delikanlıya seslendi:

— Dur. Deli misin sen? Adam öldürmek insanı kurtuluşa götürür mü? İndir o namluyu yere!

Hasan korktu, titredi, gelen adamı ikaz etti:

— Gelme diyorum sana dur. Gelmeeee!

Sadık Bey aldırış bile etmiyordu. İkazlara rağmen yürüdü. Delikanlının silah tutan eli çaresiz bir hareketle, yanına düşmüştü. Sadık muhatabının ıslak gözlerine bakarken:

— Ver o tabancayı bana akılsız çocuk, dedi. Hayatın zindanlarda mı geçsin istersin?

Soluk yüzlerindeki gariplik tazelendi, titreyen elini Sadık Bey'in önüne uzatıp tabancayı verdi...

Sadık Bey teslim aldığı tabancayı evirip çevirdikten sonra delikanlıya hayretle baktı ve sonra gülümsedi. Çünkü delikanlı bir barut tabancasının tehdidi ile kendisini kurtarmıştı.

Fısıltılar yayıldığından, üzerine çevrilen mânâ dolu gözlerin dilinden anlamadan, delikanlıya sordu:

— Neden yaptın bunu?

— Çok hırpaladılar. Kurtulmak için.

— Neden dövdüler seni?

Şoförü gösterdi:

— O gördüğün adam amcamın oğlu. İçinde oturduğum ev için dava açtı. İzale-i Şuyu dâvâsı diyorlar. İstenen parayı o verdi. Bugün saat ikiye kadar mahkemenin koyduğu kıymeti ödeyemezsem, sokaklara atılacağım. Yuvasız kalmamak için elimin dayanağı ocağımın umudu öküzlerimi satılığa getirdim. Gözüm gibi sakındığım hayvanlarımı... Satıp para edecektim. Sonra da hükûmete yatırıp...

Hıçkırdı, gözleri ıslak ıslaktı.

— O adam, diye doluktu. Hayvanlarımı kahpece ürkütüp kamyonun altına soktu. Üstelik dövdürdü beni. Kahpece, kalleşçe.

— Demek öküzlerini satıp evi kurtaramasın diye seni oyuna getirdi.

— Evet...

— Görgü şahidin var mı?

Yüzü al al oldu. Kısık bir ses:

— Allah, dedi. Tek şahidim O'dur. Bu gibi yerlerde kimsesizden yana çıkan olmaz.

Sadık Bey duygulandı, hüzünlendi, elini cebine atıp sordu:

— Evini kurtarmak için ne kadar para lâzım?

Umutsuz bir ses inliyor gibiydi:

— Tam onbin.

Fısıltılı diller iki hadisenin arasında, şaşkınlığa düşmüştü... Sadık Bey:

— Pekâlâ üzülme, dedi. Al şu parayı. Gün gelir eline geçtikçe ödersin.

Hasan'ın gözleri beklemediği bir kurtuluş umuduyla parlıyordu. Sordu:

— Adın ne senin?

— Sadık derler. Kasabalıyım.

Paraya sarıldı. Sevincinden uçuyordu.

— Ben de Dere Köylüyüm. Adıma Hasan derler, Dere Köylü Hasan. Heç korkma kazanır kartanır borcuma tezcene öderim tezcene.

Sadık Bey, para ile birlikte tabancayı Hasan'a uzatırken kalabalığın içinde büyüyen fısıltı dalgalandı...

Sadık Bey hayretle jandarmalara ve önüne uzatılan kelepçeye baktı. O, hâlâ Hasan'ı müdafaa ediyordu:

— Onun bir suçu yok. Bırakın çocuğu. Hem elindeki barut tabancası. Kendisini korumuş.

Jandarma çavuşu Sadık Bey'i azarladı:

— Neler saçmalıyorsun sersem herif. Uzat, şu bileklerini. Seni kanun namına tevkif ediyorum.

Şaşırmıştı.

— Ben mi!. Ama, niçin?

— Bunu en iyi bilen de sensin. Gerisini de adaletin karşısına çıkınca kendini savunurken anlatırsın...

Birdenbire hırçınlaştı. Her hâli ile öfke doluydu. Muhatabına bakıp kızdı:

— Neden diye sesini yükseltti. Şu garibana sahip çıktım diye mi?

Aldığı cevabın her kelimesi kulaklarından yol bulup beyninde dünyanın en korkunç bombaları şeklinde patlarken, şiddetinden vücut iskeleti ömrünün en insafsız zelzelesi ile sarsılıyordu...

— Hayır suçunu gizlemekle kurtuluşa gidemezsin. Seni karını öldürdüğün için tutukluyoruz.

Ayakta aktarılır gibi olmuştu:

— Karımı mı öldürdüm? Saçmalama, karım evde ve sapa sağlam.

— Öldü, az önce öldü. Hem de ikiz çocuk zayederek.

Bir ses bütün gürültüleri aştı...

— Benim bildiğim katırların tekmesi öldürücüdür...

Bu ses Basri'nin sesiydi. Kasabayı titreten azgın bir kabadayının kükreyişi... Bileklerine kelepçe kilitlenen Sadık'a, eniştesine bağırıyordu: Hasan uyuşmuş, sersemleşmiş, anlayamadığı hadisenin sarhoşu olmuştu. Bir köşede pinekleyip kaldı. Ortalık ikinci kez mahşer yerine çevrilmişti. Ellerine kelepçe vurulan adam seyirci gözlerin kıvılcım saçan bakışları arasında yerleri öptü... Basri iri bir taşla, küçük kardeşi Bahri yumrukla âdeta linç ediyorlardı onu.

Jandarmalar hırstan kendini kaybeden kardeşleri zorla zaptederken Hasan,Sadık Beyi belendiği tozların arasından güçlükle doğrultabildi... O iyilik sever insan, neye dönmüştü, eski seyirci kitlesi neden dağılmıştı?.. Yorgun kafa bunları cevaplamakta acizlik çekti. Kaçışan insan güruhunun arkasından:

— Yâ sabır, diye mırıldandı.

Darda kaldıkları zaman kendisine koşanların, şimdi fellik fellik sığınacak delik aradıklarını görünce, efkârı bir kat daha artmıştı Sadık'ın. Belki de şahitlik vazifesini yerine getirmekten çekindikleri için kaçıyorlardı.

Duman duman bakışları, uzaklardan gelen Ferhat'ı tanımıştı. Yani 13 - 14 yaşlarındaki oğlunu...

Ferhat, köşe bucak savuşup meydanlıktan uzaklaşanlara bakıyordu. Üzerinde toplanan kasıtlı bakışların sebebinden bile habersizdi. Neden sonra babasını gördü. Sonra, kamyonun altında can veren hayvanları ve nihayet jandarmaları...

Babasının :

— Ferhat, diyen sesiyle irkildi. Bileklerindeki kelepçeyi farketmişti. Sabırsız adımlarla koşup :

— Baba, diye hıçkırdı. Yanına yaklaşıp ağlamaklı bir yüzle durdu :

— O demir parçaları neden bileklerine takılmış?

— Ben de bilmiyorum ki...

Kamyonun altındaki hayvanlara baktı :

— Onları sen mi öldürdün baba?

Baba ağlamaklı olmuştu :

— Ferhat diye sızlandı. Annen evde mi?

Olup bitenden habersiz çocuk cevap verdi :

— Hayır. Evden çıkalı çok oldu. Dönmedi hâlâ.

— Bahar, Bahar nerede?

— Evde.

Beklenmedik bir azametle bağırdı :

— Bu adamlar annenin öldüğünü söylüyorlar, doğru mu?

Ferhat aptallaştı :

— Hayır! diye bağırdı. Dayımgile gitti.

Sesinin azameti farkedilecek şekilde düşmüştü :

— Git, bak belki de ordadır. Belki de ölmemiştir...

Dayılarını güçlükle götüren jandarmalara baktı. Babasının tozlu, topraklı elbiseleri gözlerinin yaşarmasına sebep oluyordu...

— Onlar, diye inledi. Söyler misin baba, onlar neden düşman düşman bakıyordu?

Baba konuşmadı. Çavuşun ikazını işitip yürüdü. Ferhat sersem bir görünüm arz ediyordu. Çarpık çurpuk adımlarla babasının arkasından ilerledi. Baba hassas bir sesle oğluna hitabını yeniledi:

— Eve gitmelisin Ferhat. Bahar yalnız kalmış olabilir. Ona iyi bak.

Ferhat, hissiyatındaki sarsıntıyı dindiremiyordu:

— Baba o kelepçeleri neden kollarına taktılar diye yeniden hıçkırdı.

O, mânen çökmüş, maddeten erimiş görünen adam, acı acı gülümsedi:

— Şahsiyet kazanmak uzun yıllar ister oğul, yıkılmaksa, an meselesidir.

Yerinde çivilenmiş gibi durdu. Düşünüyordu. Zaptiye memurlarının arasında giden babasını seyrederken:

— Anne, diye sıçradı.

İstikametini evlerinden yana çevirip koştu... Bahar bahçelerinde gidenlerin dönüşünü bekliyordu. Ferhat'ı görünce sevindi. Hareketleri onu şaşırtmıştı. Yüzünde beliren sevinç çizgileri, birer birer kırıldı ve ikiz kardeşine sordu?

— Ne oldu sana? Neden telaşlısın?

Ferhat, karşılık olsun diye elinden tutup çekti:

— Koş, benimle gel... İki kardeş sokakların arasından, onları süzen bakışlara aldırış etmeden koştu koştu...

Dayılarının evinden figan sesleri yükselirken Basri ile Bahri efkârlarını yumak yumak göklere çıkan sigara dumanlarının arasına katıyorlardı. Çocukların gelişini görüp ikisi birden ayağa kalktı. Basri öfke doluydu. Ferhat'la Bahar'ın kollarını tutup kuvvetle sıkınca, çocukların feryatları:

— Anne, diye yükseldi. Sert hareketler, acı dolu yavruları hırpalıyordu:

— Neden geldiniz?

— Annemizi görmeye.

— Anneniz öldürülürken nerdeydiniz?

Ferhat, dayısının suratına bön bön bakıp:

— Bırak bizi, diye bağırdı. Annemi kimse öldürmedi, anlıyor musun, öldürmedi...

— Hele adımınızı içeri atın; kırarım o bacaklarınızı.

Jandarma eri dayanamamıştı. Sordu:

— Cenaze, çocukların annesi mi?

— Evet.

— Bırakın girsinler.

Basri, asap bozukluğu ile, jandarmayı tersledi:

— Unutma ki burası benim evim. İçeri giren çıkan benden sorulur, senden değil.

Jandarma eri bağırdı. Sözü kesin bir emir gibiydi:

— Bırak çocukları dedim. İçeri girsinler.

Dişlerini gıcırdatıp ya sabır çekti:

— Lahavle...

İçerisi kadınlarla dolmuştu. Hükümet tabibi ve savcı soruşturmayı sürdürürken Ferhat ile Bahar inanamadıkları gerçeğin komasına giriyorlardı. Ev yeniden acı çığlıkların istilasına uğradı.

— Anneee...

— Anneee...

Feryat sesleri gönüllerde yaralar açarken biriken kadınların arasında fısıltılar kesafet kazandı.

Jandarma çavuşu Sadık'ın ayakkabılarını getirmişti. Savcı, ölçüyü almak için çocukları güçlükle araladı... Acı bir gerçekle yukarı doğrulurken «İzler bunlardan başkasının olamaz» diye acındı. İnsafsızca basılmış, belki de dakikalarca, izler bütün hatlarıyla ortada ve bariz...

ANASIZ EVLER

Hafızalara silinmeyecek gibi kazılan o günün gecesi, zindanlar kadar karanlıktı. Gece korkularını gittikçe körüklüyordu. Issız çatının altında iki kardeş, kaderlerine terk edilmişti. Bahar'ın yüzünden kanlar çekilmiş, rengi sararmıştı. Dışarıdan gelen ayak sesleri ikisini birden sıçrattı.

Bahar, ikiz olmalarına rağmen Ferhat'ı ağabey diye çağırırdı. Yine öyle yaptı. Heyecanını dindirmek için kardeşine sarılıp sesleri dinledi:

— Gelen var.

Felaketler, ikisini de yormuş, ürkütmüş, pörsütmüş ve perişan bir manzara haline getirmişti. Haşin bir el kapıyı kızgın kızgın dövmeye başlayınca Ferhat, ürkek bir hareketle yerinden doğruldu. Bahar kollarına asılıp çekti.

— Ağabey.

Titreyen parmağını ağzına götürüp "sus" işareti verdi. Ayaklarının uçlarına basarak ilerledi. Babasının kendisine verdiği kasanın anahtarını hatırlayıp kapağını açtı. Tabancayı arıyordu. Bulunca ferahladı, sevindi. Çarçabuk beline soktu. Kasada gördüğü paralar onu şaşırtmıştı. Dışarıdan duyduğu kızgın ses, beynine hançer gibi saplandı. Sesin sahibinden nefret ediyordu. Eline geçen eski bir torbanın ağzını açıp kasanın içinde ne varsa doldurdu. Sonra kasayı kilitleyip, anahtarı üzerine aldı. Sönük ocağın üstündeki içi kurum dolu bacaya gözleri takıldı. Et kurutmak için çakılan çiviyi bulup torbayı astı. Kapı açılmazsa kırılacaktı. Çekingen adımlarını sürükleyerek zerzesini tuttu:

— Ne istiyorsun bu saatte? diye dışarıya ses verdi.

— Aç ulan it. Adam dayısından ne istediğini sorar mı?

— Bir diyeceğin varsa sabah gel. Yatıyoruz.

— Aç dedim sana, kırdırma kapıyı.

— Sen beni evinize sokmuyordun. Buraya girenler de benden sorulur.

— Girersem fena yaparım.

Belindeki tabancayı kavrayıp karşılık verdi:

— Giremezsin ki. Hele babama yumruk vuran köpekler hiç giremez.

Adam bütün vücuduyla kapıya yüklenmişti:

— Aç, aç diyorum sana. Diye avaz avaz bağırdı.

Ferhat'ın son kurtuluşu tehdit oluyordu.

— Kapıyı bir daha zorlarsan vururum seni. Hem de hiç acımadan. Şaka etmiyeceğimi bilirsin. Elim tetikte...

— İt, diye homurdandı. Bu kasabada bana, kimse karşı duramadı.

— Ben duruyorum işte. Ferhat'ım. Sadık Bey'in oğluyum. Babamın çanağını yalayarak adam yerine kondun. Artık kimse saymaz seni, anlıyor musun, kimse... diye bağırdı.

Basri yeniden kapıya yüklendi ve odanın içerisinde alabora yapan kurşun sesi, dışarıdaki kardeşleri korkuya düşürdü. Bahri, kardeşine dönüp:

— Gidelim, diye fısıldadı. Bu çocuktan her şey beklenir.

Ayak sesleri çekilirken Ferhat, ocak başına tüneyen Bahar'a baktı.

— Korkma, dedi. Allah onların da cezasını verir. Hafif bir ses, sızılı bir titreşimle dudaklarını yalayıp çıktı.

— Ne istiyorlar sanki bizden?

— Kuzgunlar, sadece üzerine konacak leş ararlar.

— Torbaya koyduklarını mı?

— Dünyaya tapanlar için tek basamak, kızıl akçedir. Unutma.

Bahar çarçabuk mevzuyu değiştirdi:

— Ağabey.

— Söyle.

— Babam annemi öldürdü diye mi hapis?

— Evet.

— Ama niçin öldürdü?

— Şimdi bırakalım bunları. Babam cana kıymaz.

— Hâlâ seviyor musun onu?

— Babamı mı demek istedin?

— Evet.

— Çoook. Ya sen?

Kafasını "hayır" dercesine salladı. Ferhat şaştı:

— Ama neden?

— Onun yüzünden anasız kaldık. Bak, ikimiz de açız. Gözlerimiz ıslak, boynumuz bükük kaldı. Kapımız az daha kırılıyordu. Bu anasız evler bize babamın hatırası.

Ferhat derin bir «off» çekerek:

— Babamı sev diye acındı. O değil annemi öldürmek, karıncayı bile incitmezdi. Doluktu, ağlamaya başladı.

Bahar yalvarıyordu:

— Ağabey sus, sen ağladıkça daha çok korkuyorum. Kalk yatsı namazını unuttuk. Babam olsaydı birlikte abdest alır, beraberce kılardık. Babam imam, sen müezzin, annem ile ben cemaat.

Gözlerinin nemlerini sile sile yerlerinden kalkıp abdest aldılar. İki kardeş en acılı günlerinde bile Yaratanın huzurunda durup el bağladı. O yere, göğe, arşa, kürsiye sığmayan sonsuzluğu kalplerine sığdırmaya çalışıp yakardılar. Çünkü ondan gelen acıların çaresi, O'na sığınıp, O'na güvenmekle azaltılabilirdi...

— Bizi koru. Sana yürekten inananlar darda kalmaz. Rabbim, sonsuz merhametine sığındık. Bizleri sakla.

* * *

Uykusuz gözlerin sabahı erken olmamıştı.

Karınları aç, yüzleri soluktu. Yemekten içmekten söz bile edilmedi.

Ferhat :

— Babama gidelim, dedi. Yalnızlık zor şey. Gözleri arkasında kalmasın. Gidip iyiyiz diyelim. Gönlünü alıp destek olalım. Sakın yanına varınca somurtma. Belki gülemeyiz ama, ağladığımızı da sezmemeli.

İki kardeş hapishanenin yoluna böyle düşmüştü. Vardıklarında gardiyan onları tanıdı. Babaları, tel örgülerin arkasında, yabancı bir adamla görüşüyordu. Gözleri çocuklarını bulunca, hapishanenin duvarları çınladı.

— Ferhat... Bahar...

Sanki dudaklarının arasından taşan uzun yılların yüreğinin başına çöreklenip kalan hasreti oluyordu...

Bir gecede asırlaşmış gönüller katar katar büyümüş hasret kümelerinin altında ezilmiş kalmıştı...

Adam şaştı. Etrafına bakınıyordu. Parmaklarını tel örgülerin dışına çekip saçlarını karıştırdı. Çocukların sesi anasından ayrılan kuzularınkinden farksızdı :

— Baba, baba.

Baba ağlıyordu. Boğucu hıçkırıkların sonunu getiremedi.

— Sizi kucaklıyamıyor, öpemiyorum. Alnıma vurulan kara leke beni yıktı. Yüzünüze bakarken sizden bile utanıyorum.

Susması lâzımdı. Ağlamamaya karar veren fakat dayanamayıp ağlayan çocuklarını susturması için, ıslak gözlerini silip konuştu.

— Kader, dedi. Ağlamakla değişmez ki. Gece korktunuz mu? Size bakan oldu mu?

Ferhat "Hayır" der gibi kafasını salladı. Bahar, babasını ilgisiz ilgisiz süzdü. O dev kuvvetindeki adam bir gecenin içerisinde erimiş, çökmüştü.

Gece, durumunu telefonla bildirip sabah ziyaretine çağırdığı adama dönüp hitap etti babaları:

— Bunlar çocuklarım, diye tanıttı. Kasabada isimlerini söyleyen pek azdır. İkizler diye çağırırlar.

Orta yaşlı adam çocuklara bakıp:

— Allah bağışlasın dedi. Okuyor olmalılar.

— İkisi de orta sonda...

Tanışma merasimi bitince, yeniden çocukları ile ilgilendi.

— Korktunuz mu?

Babanın sorusuna ilk cevabı Bahar veriyordu.

— Korktuk, dedi. Hem de nasıl. Dayım kapıyı kırıp içeri girmek istedi. Ağabeyim tabancayı patlatınca yine geliriz, diye kaçtılar.

* * *

Babanın kararı kesindi. Vilayetten çağırdığı âdamı dikkatle süzdü.

Askerlik arkadaşı idi. Kederde ve sevinçte kader ortağı bildiği insandı. Arkasından Bahar'a baktı.

Dalgın gözler, buhar buhar kaynadı ve taştı. Bir işaret ederek arkadaşını çocuklardan uzaklaştırıp yanına çağırdı. Ona gizli bir sözü vardı.

Hassas ses adeta titreşti :

— Sana bir emanet bırakmak istiyorum.

— Emanetin başım üstüne. Senin bana yaptığın iyilikler unutulur mu...

— Bahar'a babalık vazifesi yapabilecek misin? Kız evladıdır. Ben hapisteyken yalnız kalması olmaz.

— Ferhat için ne düşündün?

— Burada kalmasını. Tabii mahkeme sonuca bağlanıncaya kadar. Bir sürü yılı sırtıma sararlarsa, o vakit onu da düşünürüz. Şayet darda kaldığını duyarsan ona da bakmayı ihmal etme.

Bahar ve Ferhat konuşmaları üzülerek dinlemişlerdi. İkizler için ayrılık ölümden bile beterdi. Ağabeyisine sarılıp ağladı :

— Ağabey, sen babamın sözüne bakma Dinleme onu. Bizi birbirimizden ayırmak istiyor. Tıpkı annemden ayırdığı gibi.

Baba tartamadığı başını tel örgülere yaslarken Ferhat direncini yitirmemek için çabaladı :

— Bahar, babam uzun bir ayrılıktan söz etmedi. Hem dünya sandığın kadar büyük değil. Hasret çekilmez olduğu gün yaz bana, gelirim.

Baba, güçlükle konuşuyordu. Doluktu :

— Ferhat, diye inledi. Bahar ne isterse verebilirsin yani evden her istediğini alıp götürebilir.

Gardiyan, vaktin dolduğunu bildiriyordu. Sadık Bey dikildiği yerde ırgalandı, sallandı ve gözlerini Bahar'ın üzerinden ayırmadan yürüdü.

— Babanı unutma. O kimseyi kimseden ayırmak istemez. Mektup yaz, hasret gideren cinsten olsun. Sitem yüklü değil.

Eller sallandı ve kara kapılar kara yazılıların üzerine yeniden örtüldü. Ferhat kardeşinin elinden tutup:

— Gidelim, dedi.

Cevdet Bey daha önce çıkıp arabasını çalıştırdı. Giderken ikizleri de çağırmıştı. Çocuklar isteksiz hareketlerle arabaya bindi... Cevdet Bey arabayı evin istikametine çevirip sürdü. İki kardeş bu kısa yolculukta, hasret dolu bakışlarla birbirlerini seyrediyorlardı. Araba, bahçelerinin önünde durunca, ikizler uykudan uyanmış gibi sıçradı. Istıraplı adımlar mesafeyi azaltıp kapılarının önüne yaklaştıkları zaman bitkin bir haldelerdi.

Bu ev, böylesine bir kedere, böylesine bir sessizliğe sahne olmamıştı. Göz yaşları, seller gibi akarken Ferhat'ın kardeşine hitabı sükûneti dağıttı:

— Evde hoşuna giden, lâzım olabilecek neyi düşünüyorsan alabilirsin. Babam öyle söyledi.

Bahar, her şeyden evvel albüme sarılmıştı. İçinden bir çift resim seçip aldı. Baba, anne ve iki kardeşin mutlu günlerinden geriye kalan tek hatıra idi.

— Sadece bu iki resim dedi. Bir tanesini istiyorum. Eşi de sende kalsın.

— Başka?

— Hiçbir şey.

Ocaktan yana yürüdü. Bacaya uzanıp dışı islenmiş torbayı indirdi. Ortaya döktü. Babasının arkadaşına sesleniyordu...

— Bu paraların hepsi Bahar'ındır, dedi. Desteksiz kalmasın. Bu kızıl eşik, bazen düşman bazen de dosttur. Hayata küsmemesinde yardımcı olur.

Cevdet Bey hayrete düşmüştü:

— Lâkin bu çok fazla.

Ferhat kendisine yetecek kadarını içinden alıp cebine koydu. Artan kısmını torbaya doldurup Cevdet Bey'e uzattı:

— Çok olsun, aldığım bana yeter. Yeter ki onun boynu bükük kalmasın.

Ayrılık saati gelip çatmıştı. Kapı arkasını bile gurbet sayan ikizler için bu belki ölümden bile beterdi. Ferhat bağrına taş bastı. Dayanabilmek için, dişlerini yumruklarını sıktı. Ayakları ile toprağı eşeledi.

Acı dolu feryatlar etrafı inletirken ikizler yaralı duygularla birbirlerinden ayrıldı. Bahar kardeşine el sallamıyordu. Gözlerinden dökülen yaşlar yanaklarından süzülürken kafasını dayadığı arabanın camı, buhar buhar terledi... Cevdet Bey daha fazlasına dayanamayıp arabayı hareket ettirdi...

Otomobil gözlerden ıraklaştıkça, hasretler büyüdü ve Ferhat güçlükle tuttuğu nefesini ıstırap yüklü bir sesle boşalttı:

— Ahhh...

Dizlerini toprağın üzerine indirip kalmıştı...

Tahammül edemediği içindeki acıyı göz yaşı halinde dışarı, boşaltırken ıstırabı güç yetmez olmuştu...

Sokağın ortasında kalakalmıştı. Neden sonra çeşmeyi görüp yürüdü... Abdest alacaktı.

***

Kasabanın içi alıp alıp veriyordu:

— İkizleri ayırmışlar.

— Doğru değil.

— İyi saymazlar.

— Köklü bir aile sönüp gitti.

— Ferhat Mecnun gibi dolaşıp dururmuş, camiden eve evden hapishaneye.

— Hele dayılarının zulmü.
— Cesur bir çocukmuş.
— Tabancasız gezmediğini söylüyorlar.
— Babası öyle demiş.
— Otuza yakın yuva kuran adamı, yuvası yıkılınca daha üç kişi bile ziyarete gitmemiş.
— Korku belası.
— Bir çocuğun bile korkmadığı iki eşkiya, âlemi susta durduruyor.
— Korkak görünürlerse sebepsiz değildir.
— Yazık olur sabiye.

* * *

— Ferhat yine camiden eve dönüyordu. Hasret büyüdükçe çekilmez olurdu. İhtiyar kadının önünden gözlerini silerek geçti. Ağlıyordu. Yaşlı kadın dayanamayıp çağırdı.
— Allah'ın alacağı bir can, diye mırıldanıp:
— Ferhat diye seslendi.
Arkasına döndü, cevap vermeden baktı. Yaşlı kadın:
— Beni takip et, diye fısıldadı.
Kasabada kendisiyle ilgilenen ilk insan o olmuştu. Garip bir hâl ile ihtiyara bakıp takip etti. Önlerindeki evin arkasına dolanmışlardı. Yaşlı kadın ürkek bakışlarla etrafı gözden geçirdi... Yetmişlik ninenin fısıltısı heyecan doluydu:
— Beni iyi dinle dedi. Söylediklerim aramızda sır kalsın. Göz yaşlarına dayanamayıp tehlikeyi umursamadım...
— ....
— Tabancan var mı?
— Var.
— İyi. Şimdi kulaklarını aç, dikkatle beni dinle. Baban katil değil; annen kahpe bir oyuna kurban gitti..

Haberin var mı? O küçük insan heyecanlandı, telaşı büyüdü :

— Anlat hele, Şaziye ana anlat dedi. Kim yaptı bu oyunu?

— Sır vermek yok.

— İnandığımız Allah'ın adına yemin ederim ki can vermek var sır vermek yok.

— Öyle ise kulak ver bana. Mine var ya, hani giden sene dul kalan Mahmutların Mine...

— Var.

— Baban, kızlığında vurgundu ona. Kısmet olmayıp anneni aldı. O hınzır karı kocasını kaybedince, geçmiş günleri hatırladı. Babanı şaşırtırım sandı. Edemedi. Babanın Allah rızasının dışında iş görmeyeceğini anlayınca, annene çocuk düşürmesini öğütledi. İlacı kendi elleriyle hazırlayıp annene götürdü. Babanın iftiraya düşeceğini hesaplayamamıştı. Hayalleri baban hapse düşünce yıkılıp gitti. Ayakkabı meselesine gelince... Bizim buranın adetidir. Fazla kan zayeden kadının karnına sararlar. Doktor bile yanıldı. Büyükannen kızını kurtarmak için annenin ayağında götürdüğü erkek ayakkabılarını kızının karnına bağlamıştı. Mine'nin yaptığı öldürücü ilaç anneni iflah etmeyince günahkâr olarak ahirete göçtü.

Ferhat tam mânâsıyle şaşırmış, aptallaşmıştı :

— İyi ama Şaziye ana, ben bunu nasıl ispat ederim.

— Mine olacak kadını korkut. Kurşunlarım de. Karakola gidip ifade vermesini sağla. Ben bu kadarını yapabildim oğul. Mevlâ yardımcın olsun ne diyeyim...

Yorulmuştu. Yürürken dayak yemiş gibi sızlanıp durdu. Kabristana gelmişti. Anasının üzerine atılan topraklara baktı, sonra kendisini tutamayıp hıçkırdı. Ağzı dili olmayan toprağın üzerine serilip sitem etti :

— Ana duyar mısın beni? Bahar gitti. Babam hapishanede. Ben bu yerlerde perişan kaldım. Beni duyuyor musun?.. Bak bir kötü, kaç kişiyi felakete sürükledi. Doğmadan ölenlerin günahı da boynunda kaldı. Bildiğin hâlde meyvesi gazap olan tohumu neden ektin?

***

Ferhat iki gündür babasını ziyarete gitmemişti. Mine denilen kadının arkasından koşturup durdu. Nihayet, kolladığı anı yakalamıştı. Kadın evinden çıktı. Komşularına doğru giderken, yavaşça arkasından sokuldu. Soğukkanlı oluşu kadar, ciddi ve cesurdu:

— Mine Hala! diye seslendi.

Kadın döner dönmez Ferhat'ı arkasında bulunca şaşırmıştı. Başı döndü, gözleri karardı, sersemlemişti. Hayret dolu bir ses cevap oldu:

— Ne var, ne istiyorsun? diye azarladı...

Ferhat konuşamadı. Cebinde sıkı sıkı kavradığı tabancanın, kabzasını göstererek.

— Dediklerimi yapmazsan kurşunlarım dedi.

— Ne istiyorsun benden?

— Anneme yaptığın ilaçların tarifini. Ölmeden önce her şeyi anlatmıştı.

— İlacın tarifi sana ne gerek ki?

— Belki büyüyünce lâzım olur. Dünya bu.

Dudakları korkulu bir tebessümle kıpırdadı:

— Hadi Ferhat işine git, olanları da unut.

— Hiç acımaz vururum. Bunun için yemin bile ettim.

— Adam öldürmekle ne kazanırsın?

— Sen annemin ölümüne sebep olurken neyi kazanmayı düşündün.

— Ben annenin ölmesini istememiştim.

— Yalan söylüyorsun. İstedin.

— Bırak da gideyim. Gelip geçen başka şey sanabilir.

— Kim ne isterse onu sansın. Dediklerim olmadan salmam seni.

— Ne yapmamı istiyorsun?

— Karakola gidip annemin babam tekmelediği için değil, senin verdiğin ilâçlardan öldüğünü söyleyeceksin.

Kadın itiraz doluydu :

— Olmaz, diye tedirgin oldu. Asarlar beni.

— Asmazlar. Birkaç yıl giyer sonra çıkarsın.

— Bütün suç benim değil, annen ilacı yanlış kullanmış. Büyükannen ayakkabıları, kan dinsin, kızım kurtulsun diye sarmış.

— Tamam işte, bunları anlatırsan yeter. Babam kurtulur.

— Baban kurtulur ama, biz âleme rüsvay oluruz.

— Öyle olmasa bile, vicdanın seni rahat bırakır mı?

— Bırakmaz.

— O zaman yürü.

* * *

Kasabanın içi bir anda karıştı :

— Duydunuz mu?

— Duydunuz mu?

— Ne var ki?

— Serap Hanım mezardan çıkartılıp otopsi yapıldı. Sadık günahsızmış.

— Yook be?

— Dünyanın sonu geldi. Evlat kâtili olarak ölmüş.

— Allah büyüktür. Eden bulur, inleyen ölür. İlacı Mine yapmışsa annesi de korkup iftira etmiş. Hükûmet ikisini de tutukladı.

— Sadık çıkmış mı?

— Yarına kalmaz çıkar, diyorlar.

— Allah doğruların yardımcısıdır.

* * *

Basri ile Bahri'nin ağızlarını bıçak açmıyordu.

— Rezil olduk, deyip dizlerini dövdüler de başka iş tutmadılar.

Ferhat babasına sarıldıkça, gören seyreden dayanamaz olmuştu.

— Baba. Canım babam. Sanki dünyada yapayalnız kalmıştım. Yuva kurduğun insanlar bile bana hor bakıp geçti. Allah'ın selâmını dahi esirgediler benden.

— Üzülme artık Ferhat. Bir imtihandı gelip geçti. Bu yerlerde kalıcı değiliz.

— Yani gidiyor muyuz?

— Evet.

— Nereye?

— Bahar'ın bulunduğu kente. Bundan böyle mekânı gurbet ilde tutacağız.

— Bahar'ı bir saniye görsem ölmeyeceğim zannediyorum.

Babası oğlunun saçlarını okşayıp elinden tuttu. Ferhat :

— Buralar? diye sordu. Buralar ne olacak?

— Hapishanedeyken sattım.

— Kime?

— Hacı Yusuf'a. Dün bana müjde vermeye geldi. Çıkacağımı aklım kesince her şeyi sattım. Bugün muamele biter. Parayı aldığımız gibi, yarın ver elini...

— Bahar'a mı?

— Bahar'a.

— Bir görebilsem. Hasret öyle ki çekilmezmiş baba. Adını andıkça gönlüm kanıyor...

SON GECE

Gecenin siyah örtüsü, akşamın kızıl ışıklarını kapatırken Sadık, Ferhat ile birlikte eve döndü.

Bu gece, kendi hanelerinde misafir olarak kalacaklardı...

Bütün servetini, canından maada her şeyini satmıştı...

Sükût dolu duvarları, sessizlikten inleyen tavanı, her yeri, efkâr dolu bakışlarla gözden geçirdi.

Şimdi sıra Ferhat'ın mahzun çehresini seyre gelmişti.

— Otur dedi. Bu gece son gecemiz. Kendi evimizde, baba ocağında misafir olarak kalıyoruz.

Ferhat duygulandı, durgunlaştı ve sedirin üzerine yavaşça oturdu.

Babasıyla mırıldanır gibi konuştu:

— Baba her şeyimizi sattık mı?

— Canımızdan başka.

Elindeki paketi sedirin üzerine atıp oğlunun tam karşısına çöktü:

— Seni üzgün gördüm. Sıla ayrılığı zor mu geldi?

— Yurdundan yuvasından sürgün edilen kuşlar gibiyiz.

— Her şeyde bir hayır vardır oğul. Hem sevinmen lâzım gelirken, üzgünsün. Bahar'a gidiyoruz. Paramız pulumuz, her şeyimiz var. Gurbet elde bile olsa güzel bir ev alırız. Dükkân açarız.

Saatine baktı. Vakit bir hayli ilerlemişti:

— Cemaati kaçırdık dedi. Bari evde eda edelim.

— Olur baba. Abdestin var mı?

— Yok, sular akıyor mu?

— Sanmıyorum. Hâlâ arıza giderilmedi.

— Evde su var mı?

Yerinden kalkıp kabı kacağı yokladı. Hepsi tamtakırdı.

— Tükenmiş, dedi.

— Pınara gidip bir güğüm su getirsen bize yeterdi. Çeşme de uzak ama...

— Kaç adımlık yer ki? Hemen gider dönerim.

Güğümü eline aldığı gibi, karanlıkların arasına karıştı.

Koşar gibi yürüyordu... İçinde bir burkuluş, hareketlerinde acelecilik vardı... Çeşmeye geldiğinde kimseler yoktu... Suyun sürekli akışı, gecenin sessizliğini, tatlı bir musiki ile bozuyordu.

Güğümü, oluğun önüne koyup dolmasını bekledi...

O, küçük kafa, ıstırap yığını hâline gelmişti. Etrafı duygulu bakışlarla seyrederken pınarın önüne koyduğu kabın, taştığını bile farketmedi...

Her yere, her noktaya, hatta gecenin karanlık dantellerini ören bulutlara bile sitemle bakıyordu. Neden sonra su kabını hatırlayıp evde bekleyen babasını düşündü... Güğümü pınarın önünden kaptığı gibi koştu... Evin bahçe kapısına geldiğinde güçlükle nefes alıp veriyordu. Önce hayretle durakladı, beklenmedik bir korkuyla irkildi...

Aptallaşmış, hatta hareketsiz kalmıştı... Bahçenin kapı eşiği önünde, sinip kaldı... Gözbebeklerinde heyecan fırtınası kaynaşırken iskeleti insafsız bir zelzeleye kapılmış gibi sarsıldı...

Adımlarını eşikten dışarı atan iki adam, kararsızlık içinde bekliyordu...

Düşünceleri, duyguları suratlarındaki dehşetli çizgilerde kümeleşen iki adam...

Ferhat bedenindeki canı dahi unutmuştu. O hoyrat bakışların tehdidi altında gittikçe eridi. Her hâli endişe denizinde boğulduğunu sezdiriyordu... Elindeki su dolu güğümü, yere bıraktığı gibi eve koştu. Bu telâş dolu arzuya engeller, istemiyerek geçit vermişti. Belki de böylece Ferhat'ın içeri girmesi sağlanıyordu...

Önce, yere düşüp çınlayan güğüme, sonra yıldırım gibi içeri dalan Ferhat'a baktılar... İki kardeş birden şaşıp kalmışlardı.Bahri ağabeyisinin kulağına bir şeyler fısıldadı. Basri kafasını önüne eğerek tasdik etti ve Bahri'nin sıkı sıkı sarıldığı paketi elinden alıp işaret verdi...

Bu hareket, aynı zamanda kesin bir emirdi...

Gecenin sessizliği acı bir çığlık ihlal ederken, iki kardeş beklenmedik anda paniğe kapılıyordu...

— Babaaaa...

Bu ağıt dolu ses, içleri ürperten çığlık, gecenin siyah örtüsünü hançerleyen feryat, Ferhat'tan geliyordu...

Dünyanın en cesur çocuğu bile bu vahşet karşısında ürperirdi...

Onun da dehşet her hücresine nüfuz etti. Korkudan titredi, heyecan kusan bakışları kızgın damlacıklarla ıslandı... Sahne öyle tahammül haddinin fevkindeydi ki gayriihtiyari ellerini göz kapaklarına kapak yaptı.

Evin orta yerindeki manzara, dayanılmaz olmuştu. Istırabından duvarlar, tavan, taban, her nokta inliyor gibiydi :

— Allah'ım, diye hıçkırdı.

Dışarıdan gelen ayak sesleri korkusunu körükleyip acı yüklü çocuğu tedirgin etmişti. Ellerini gözlerinden çekip evin tavanından sallanan ipe, babasının boğazında halkalanan ilmeğe baktı... Ağır ağır sallanan vücut dehşet manzarasıydı.

O, dünyaya nezaketle, herkese merhamet duygusuyla bakan gözler artık küskündü. O yıkılmayan vücudun dengesi bozuk, boynu bükük kalmıştı...

Gittikçe yaklaşan patırtılar onu ürküttü. Kapıdan yana bakarken isyan doluydu. İlk işi canını dışarıya atmak olmuştu. Sedirin üzerine fırlayıp o şiddetle pencereyi açtı, vücudunu aşağıya sarkıttı. Can korkusu ile toprağın üzerine ot çuvalı gibi düştü. Bir iki debelendi, ıstırapla kıvranıp güçlükle ayağa doğruldu. Bacağını tutuyordu... Zamanın beklenmiyecek kadar daraldığını düşünüp acıya tahammül gösterdi... Âdeta sürüklenircesine bahçe duvarına tırmanıp caddeye atladı. İkinci ve en zor engeli aşmıştı. Bacağını çeke çeke dar bir sokağın içine karışıp gitti...

İki kardeş başlarını taşlara vuruyorlardı:

— Kaçırdık veleti.

— Herkes intihar deyip geçecekti.

— Şimdi ne yapmalı?

— Kaçacağız elbet. Bakarsın çocuk diye inanmazlar.

— Ya paralar, onları ne yapmalı?

Basri:

— Sersem, diye kızdı. Bu cinayeti sebepsiz olarak mı işledik? Paralar bizim dünyalığımız olacak.

Ferhat karakola gelmişti. Daralan nefesine, sızlayan bacağına bile aldırış etmeden Jandarma çavuşunun karşısında dikildi. Çavuş, Ferhat'ı iyi tanır, severdi. Durumu, tavırları, onu endişeye düşürmüştü. Sordu:

— Bu hâlin ne senin?

Konuşurken hıçkırıyordu.

— Babamı astılar.

Çavuş şaşırmıştı:

— Kim? diye sordu.

— Dayılarım. Kaçmasaydım beni de öldürecek-lerdi.

— Ne zaman oldu?

— Şimdi.

— Sen nasıl kurtuldun?

— Bilmiyorum. Sadece pencereden atladığımı hatırlıyorum.

— Yaralı gibisin.

— Değilim.

— Topallıyorsun.

Elini bacağına götürdü:

— Pencereden atlarken, diye sızlandı.

Karakol nöbetçileri hariç, bütün personel, tam teçhizat kuşatılıp devriye çıkartılmıştı. Aramalar, yer yer baskınlar yapılırken kasaba olup biten her şeyden habersizdi.

Ferhat, başçavuş ve üç jandarma erinin nezaretinde evlerine getirildi. O, cesur dinamik, atak çocuk hayatından bıkmışa benziyordu. Ağlasa mı, sızlayan bacağını sürüklese mi, bilemedi.

Odanın içindeki manzara lügatların tarifte acze düşebilecekleri bir şekil arzediyordu.

O, tüyler ürpertici sahneye keşif biter bitmez son verilmişti. Ceset ipten alınıp sedirin üzerine indirildi. Hadise mahalline gelen savcı ağlamayı unutan Ferhat'a değişik cinsten sorular yöneltti. Çocuk her şeyi gücü yettiği kadar nakletmeye çalışıyordu...

— Gidecek... dedi. Her şeyimizi satıp para ettik. Bu yerlere bir daha dönmemecesine veda edecektik.

Doğup büyüdüğümüz yerlerde son gecemiz olacaktı bu...

Ferhat'ın ifadesi savcıyı uyandırmıştı.

— Para, diye düşündü. Hemen arkasından Ferhat'a dönüp sordu :

— Sahi baban bütün mülkü sattı diye duymuştuk.

— Doğru.

— Paranız bankada mı?

— Hepsi bir paketin içindeydi.

— O paket şimdi evde mi?

Ferhat, aramaya bile lüzum görmemişti. Ağzı açık kasaya ıslak gözlerle bakıp :

— Almışlar diye mırıldandı...

— Daha önce kilitli miydi?

— Hayır. Paketi içine koyup kapısını kapattık.

Savcı kendisine has araştırmasını sürdürdü. Evin beklenmesini başçavuştan isteyip geldiği heyetle birlikte olay yerinden ayrıldı.

Kapı insafsızca dövülmeye başlanmıştı. İki yenge evin salonunda birleşirlerken; Basri yatağından endişe ile doğruldu... Onbaşı, kadınlara kızgın bir sesle sordu :

— Erkekleriniz evde mi?

Bu ses Basri'nin heyecanını insafsızca körüklemişti. Yorganı kafasına çekip kendisine sığınak yaptı. Kadınlar şaşkınlık içinde onbaşıyı cevapladı...

— Evdeeee.

— Ne zamandan beri?

Kadın sersemledi, aptal aptal onbaşının suratına bakıp :

— Az önce geldi, diye sayıkladı.

Basri'nin duyduğu söz sıkıntısını artırmıştı. Yorganın altında buhar buhar ter dökerken onbaşının gür sesi odanın içinde kâbus oldu.

— Söyleyin ikisi de buraya gelsin.

Ürkek bir ses :

— Basri, diye seslendi. Zaptiyeler seni iştiyor.

Heyecanını dindirmeye çalışıp dışarıya cevap verdi :

— Ne işleri varmış?

Onbaşı mekanizmayı oynattı, kurşunu namlunun ağzına verip bağırdı :

— Buraya gel Basri. Her zaman geceler gerçekleri gizleyemez.

Kadınların yüzleri kireçleşti, dilleri tutulup lâl oldu. Sadece gözbebeklerinde korku dolu pırıltılar kaynaşıyordu. Basri ürkek adımlarla salona yaklaşırken namluların azametinden tedirgin bir hâli vardı :

— Neden buradasınız?

Onbaşı yanındaki nefere işaret verdi. Nefer cebinden kelepçeleri çıkartıp Basri'nin bileklerinde kilitlerken, kadınların tutulan dilleri figan ile açıldı. Evin içini velveleye verdiler.

Onbaşı alnında soğuk ter damlacıkları beliren Basri'ye kardeşini sordu :

— Bahri nerelerde?

— Enişteme özür dileyim, diye gitmişti hâlâ dönmedi.

— Her şeyi biliyoruz artık. İnkâra kalkışmanız hiçbir fayda sağlamaz. Bahri nerede?

Yorulmuş gibiydi. Çaresiz bir kıpırdanışla göğüs geçirdi :

— Bilmiyorum, diye sızlandı.

Figanlar gecenin sessizliğini ihlâl ederken Basri karanlık sokakların, ortasından karakola götürüldü. Ferhat'ı karşısında bulunca yalanların medet olmayacağını görüp ümitsizliğe düştü. Dişlerini gıcırdatıp öfkeli öfkeli soluk benizli yeğenine baktı. Sinir küpünü hatırlatan dudaklar beklenmedik zamanda boşaldı:

— İftiracı köpek, diye bağırdı. Nerede gördün beni?

Gün, günahlarını gizlemek için, geceyi bekleyenlerin üzerine doğdu. Kasaba halkı yeni bir sabah için hazırlanırken, tutulan yollar uçuşan kuşlar bile yol vermez olmuştu.

Zaptiyeler Bahri'yi bulabilmek için seferber olmuşlardı...

Sabah namazının akabinde verilen selâ, halkın merakını körükledi:

— Ölen var.

— Ölen var.

Diller acı haberin rüzgârını estirirken, yürekler buruk bir acının kabında kaynıyor gibiydi.

— Sadık'ı asmışlar.

— Onların yaptığını gâvur bile yapmaz.

— Bahri kaçmış.

— Ferhat'ı öldürmeden yakalanmaz diyorlar. Çaldıkları para da yanında imiş.

— Daha ne isterler o zavallı çocuktan.

* * *

Ne çalınan paralar, ne de Bahri, sıkı aramalara rağmen bulunabilmişti. Basri, mecburiyetler karşısında suçunu itirafta bulunurken Ferhat karakol dolusu hıçkırdı.

— Kâtiil! Tuuuh...

Herkesin önünde dayısının suratına bir top tükrük attı.

Elinde kelepçeler yanında muhafızlar olmasa, Ferhat'ı parçalayabilirdi. Başçavuş, "paralar" diye bağırdı. Nereye sakladınız?

— Yok, dedi Bahri kaçırdı. Benden bile...

BABAM

Siyah önlüğü, beyaz yakası, omuzlarına kadar dökülen örgüleri ile, melekler kadar güzel ve berraktı. Çantasını göğsünün üstüne bastırmış, evin merdivenlerini tırmanırken, zeytin karası gözleri birdenbire kıvılcımlaştı.

Bu şehir, bu ev, topyekün insanlar ona yabancı sanki koskoca dünyada yapayalnızdı.

Ne zaman bu binanın merdivenlerini adımlasa, içindeki sıla hasreti körüklenir, gözleri buğulu bir hal alırdı. Nedense bu merdivenlerden tırmanış, ona babasını, Ferhat'ı hatta annesini hatırlatırdı...

Artık, onun dünyasında daha doğrusu her yerde... Annesinin adı bile hayal olmuştu...

Sınıfta, evde daha doğrusu her yerde yürüyüp geçtiği sokaklarda bile "ANNE" diyen olsa dolukur için için ağlardı...

Yine zeytin karası gözleri yaralı gönlünün kazanı olmuştu. Buharlaşıp buharlaşıp kaynadı... Yanaklarından aşağı tuzlu, acılı, kaynar damlacıklar dökülmeğe başladı. Dolu dolu gözlerle, açık kapıdan içeri süzülürken salondan gelen sesleri dinliyordu.

Bunlar şimdiye kadar duymadığı biçimden olduğu için hassas vücudunu hırpaladı, yıprattı. Daha aslına bile eremediği bu kavga, duvarları zorlayan gürültü, onu irade dışı bir harekete sürükledi...

İyi geçindiklerini sandığı bu insanlar, niçin ateşli sözlerle birbirlerini incitiyorlardı? Önce yaptığı hareketi uygunsuz bulup hafif bir tereddüt geçirdi. Gizlenip başkalarını dinlemek ayıp bir hareketti.

Bunu düşünüp kararsızlık içinde çırpındı... Tam gideceği sırada duyduğu son söz ense köküne balyoz gibi indi...

O pembe pembe kızaran yanakları soldu. Benzi kehribar gibi sarardı. Yüzünden kan, vücudundan kuvvet çekilirken taşıyamadığı iskeletini duvara yaslayıp kaldı... Fersiz dudaklarını dişleriyle geviyor, hıçkırıklarına güçlükle karşı koymak istiyordu... Suratının derisi kendisini zorlayarak kırıştı, çizgileşti... Olan biten her şeyi istemiyerek dinlemek için mukavemet göstermeğe çabaladı. Evin kadını:

— Olamaz, diye bağırıyordu. Haydi kıza şimdiye kadar alıştık. Bir de oğlanı ölsem bile yanıma almam. Sen beni başkalarının çocuklarına hizmetçi mi getirdin?

Bu uygunsuz sözlerin ardından hüzünlü bir ses duyuldu:

— Kadın, Allah'tan kork. Bizim bu hâle gelmemize sebeb, o oldu. Her şey ne çabuk unutuldu. Daha dün sermayemizi onlardan gelen para ile takviye ettik.

— Ben dünyaya yaşamak için geldim, dadılık etmek için değil. Anası ölsün kızını, babası ölsün oğlunu... Yetimhane mi burası?

Adam:

— Yeter, diye bağırdı. Kapat bu konuyu artık. Dediğin olsun. O çocuk kalkıp buraya kadar gelse bile, içeriye almayız. Daha şimdiden ihtimaller üzerinde kavga etmeye gerek yok. Bahar o küçük, melekler kadar güzel çocuk perme perişan olmuştu.

Dengesi bozulan vücut, salonun ortasına yığılırken, acı bir çığlık, içindeki ıstırabı olduğu gibi dışarıya döktü:

— Babaaam...

Bahar babasının kara haberini böyle duymuştu.

Artık kendisini her gününden daha yalnız hissedecekti. Koskoca dünyada sadece Ferhat'ı düşünüp onun varlığını hayal edecek, sadece onu özleyip onun hasretini çekecekti.

Dalsız budaksız, sefaletlerin kucağına tek başına bırakılan, kardeşini düşünecekti...

* * *

Dünya bir tanedir. Bu da üzerinde tartışılmayacak kadar gerçek ve şüphesiz. Ancak her kafaya göre değişik, her düşünceye göre, ayrı dünyalar vardır...

Her fikrin yapısına göre değişik bir kalıp, her zihniyetin azametini yansıtan ayrı ayrı model... İşte cemiyet denilen bulanık deniz, insanlık denilen hüsran ve ihtiyar dünyanın üzerinde dekorize edilen utanç sahnelerinden hikâyeler bu ayrılıklardan oluşur...

Ferhat'ın suratında acı ile sevincin birlikte dekorlar kurduğu bir hâli vardı...

Hislerin, tavırların ve şekillerin katıksız olarak izahı mümkün değil... Bu da aynı türden bir hâleti ruhiyenin dışarıya aksedişi oluyordu.

Elindeki kâğıdı sıkı sıkı tutarak otobüsten indi. Kardeşini bulacaktı. Hasretine yandığı hayalleri ile avunduğu kardeşini... Onu bulmak, onu görmek, onunla dertleşmek,ona bir şeyler anlatıp içini dökmek için çabuklaştı...

Hayat denilen yokuşu birlikte tırmanacak, yaşamak denilen kavgayı beraberce sürdüreceklerdi. Gönlünün başından sökülen duygular, hep böyle filizlendi.

Kim bilir, belki de ayrı bir ev tutup orada kalacaklardı. Hatta Bahar'a giderken verdiği para onları kimseye muhtaç etmeden geçindirebilirdi. Sorduğu adrese işte bu ümitlerle yaklaştı.

Bahçe içinde bir evin, numarasına bakıp sevindi. Kapı önünde tereddütle durdu. İçeriye girmek için adım tazelerken sanki gizli bir kuvvet ona mâni olmak istiyordu.

Zili çalsa kendisini karşılayanlara ne söyleyecekti? Ya da nasıl hareket etmesi gerekecekti?.. Hadiselerin yorduğu o kafa, girmek için beklediği kapıda, hep bunları düşünüp içindeki duyguların tereddüt duvarını yıkmağa çalıştı.

Yanaklarında gonca gonca açan sevinç gülleri soldu, buruştu ve katmerleri üzerinde şebnemler pırıl pırıl yanıp söndü.

Gözlerine inanamadığı bir hâl olmuştu... Daha bir nefes önce kardeşine kavuşmak arzusu ile, yanıp tutuştuğu hâlde, şimdi kendisini apayrı bir hissiyat âlemine girmiş sanıyordu... Doluktu, hıçkırdı ellerini yüzüne kapayıp ağladı. Özlediği, birlikte olmanın hayalini kurduğu kardeşini görmüştü...

Annesini, babasını yeni kaybetmiş gibi hüzünlendi, duygulandı...

Dişlerini sıka sıka hıçkırıklarını boğmaya çalışırken gözlerindeki nemleri silip tebessümlerle ayrı bir havaya girmek için gayret etti.

Bahar, hâlâ kendisini görememişti... Dalgın adımlarla caddeden bahçe kapısına yaklaşırken hassas bir ses kızın bütün benliğine nüfuz etti :

— Bahar!.

Sesin geldiği tarafa dönüp şaşkınlıkla baktı. Elindeki çanta yerde kırık bir ses çıkartırken, Bahar:

— Ağabey, diye heyecanlanıp koştu.

İki kardeş yolun ortasında sarılıp kumrular gibi koklaşıp yaralı kuşlar gibi çırpınarak hasretlerini gidermeğe çalıştılar.

Bahar telâş içinde kalmıştı. Aralanıp kardeşine baktı:

— Ne zaman geldin?

— Az önce.

— Eve girdin mi?

— Hayır.

— İyi. Temelli mi geldin?

Boynunu bir yana yıkıp kardeşini cevapladı:

— Başka nasıl gelinir ki? Kimsesiz kaldık.

Bahar:

— Babam, diye doluktu.

Ferhat, buruk bir acının ıstırabını duyarak göğüs geçirdi:

Annemin yanında, dedi. İkisini yanyana koydular. Anlıyorsun değil mi?

Konuşmadı. Göz pınarlarından oluk oluk yaşlar boşalırken, sadece kafasını salladı. Düşünmemek için, bahçe kapısının söyesine yaslandı ve yüzünü sakladı...

Ağabeyine, ikiz kardeşine, kendi barındığı yuvada "Sen de kal" diyemiyordu... Ferhat kardeşini kolundan tutup:

— Kendine gel, diye seslendi. Acılara kendimizi alıştırmamız gerek. Takdir-i İlâhî bu, kapıda ağlamayalım.

Yüzünü Ferhat'tan yana dönüp göz yaşlarını silerek bekledi. Ferhat bir şeyler sezmiş gibiydi. Garip bir eda ile sordu.

— İçeriye gel, demiyecek misin?.

— ?......

Ağladı. Az sonra da taştı... Ferhat'ın bütün arzuları kursağında düğümlenip kalmıştı. Mahçup pırıltılarla Bahar'ı seyretti ve sordu :

— Ama neden?

Hafif perdeden bir ses güçlükle anlaşılıyordu.

— Babamın öldürüldüğünün bir gün sonrası imiş. Mektepten yeni geliyordum...

Anlattı... Ne duymuş, ne işitmiş ise her şeyi...

Ferhat acze vefa göstermeyen bir insandı. Daha küçük yaşlarda olmasına rağmen altın neslin bâriz bir modelini andırıyordu...

İnançlı, cesur ve mâneviyatı oldukça güçlü bir model...

Derin derin düşüncelere dalmıştı :

— Kimsenin huzurunu bozmaya hakkımız yok dedi İstenilmiyorsak gitmeyiz.

Bahar, ateşli ateşli sordu :

— Ağabey çok paramız var mı?

Elini ceplerine sokup boş çıkardı :

— Olsaydı ne yapardın?

— Ben de seninle gelirdim.

— Babamı parası için öldürdüler. Artık hiç paramız kalmadı, malımız da...

— Harcamak, bir otel köşesinde kalmak için bile olsa?..

Kafasını salladı.

— Ya sen getirdiğin paraları...?

— Bir kısmını sermaye yaptılar. Bir kısmıyla da bana istikbal olsun diye arsa aldılar.

— Seviyorlar mı bari?

— Rahatım. Anne baba yanındaki kadar olmasa bile...

— Sen yerinde kal, bacım. Ben özledikçe gelir giderim. Uzaktan bile olsa görüşürüz.

Kız eğilip yere düşen çantasını aldı:

— Bekle, diyebildi.

Ateş parçası gibi bahçe kapısını açıp koştu. Çok geçmeden geriye dönmüştü. Nefes nefese soluyordu... Avucunun içine sıkıştırdığı paraları kardeşine uzatıp:

— Al, dedi. Şimdilik bunlarla yatacak yer bulup kendine yiyecek alırsın. Tükenince yine getiririm.

Ferhat garip düşüncelerin potasında eriyor gibiydi. Önüne uzatılan paraya bakıp sordu:

— Nerden aldın?

— Evden.

— Kim verdi?

— Kendim aldım.

— Kimseye sormadan mı?

— Söylesem vermezlerdi.

Suratındaki bütün çizgiler isyan doluydu:

— O parayı götürüp yerine koy, dedi.

— Neden?

— Bu en azından hırsızlık olur. Bunlar doğru hareket sayılmaz. Aç kalırım, yine de böyle bir rızık istemem... İnanmış insanlar hep böyle yaparlar...

— Yalnız senin için.

— Her iş Allah'ın rızası için yapılır.

Bahar, titreyen elini kendisine çekerken ne yapsın bilemiyordu. Istırapların kaynaştığı suratı kırıştı... Ağlamaklı bir sesle sordu:

— Aç kalmazsın ya...

Ezan sesi hoş bir seda ile ayyuka yükselirken Ferhat, kardeşini zor durumdan kurtarmayı başardı:

— Hadi sen evinize dön, ben de namaza gideyim. Üzülme sakın, sonra yine gelirim.

Evimize diyemeyişi, içinde sızılı düğümler atmıştı. Kardeşini :

— Allah'a emanet ol, diye gerilerde bırakıp camiden yana yürüdü... Allah'a emanet ol...

Acılı bir ses :

— Sen de, diye titreşti... Gerisi hıçkırıklarla doluydu...

BU ÇOCUK BÜYÜRSE

Mekân, pırıltılı elbiselerini soyunup geceliğine bürünmüştü. Yatsı namazı eda edilmiş, cemaat birer birer evlerine dönüyordu...

Gözler avluyu gerilerde bırakmaya çalışan küçük erkeğin üzerinde birleşiyordu. Sanki herkes ona gıpta ediyor, tebessümlerle âdeta dünyevî bir ücret vermeye çalışıyorlardı.

Yüreklerinin başına çöreklenen sitemi söküp atarcasına "Ah" çekenler vardı. Ciğerlerini terk edecek buruk bir havanın arkasındaki rahatlığı hissedercesine boşaltılan bir "Ah...".

Cemaatin gözbebeklerinde yuvalanan hasret pırıltıları, gönüllerde büyüyen altın neslin özlemine gebelik çekiyordu... Ne merak denizi taşmakta zamansız, ne de çocuğa gıpta eden insanlar haksız değildi... O yanlış zihniyet çağ denilen düdüğü öttürdükçe, mâneviyat mahrumu mürtedler, nesillerin insafsız cellatları, bu yapıdaki insanların varlığına tahammül bile edemiyordu...

Şimdi hüzün ve ümidi iç içe yoğuran bakışlar, bir çocuğun şahsında cemiyetler kurmaya çalışıyordu.

Yaşlı bir adam, dalgın bakışların arkasından "Çağ" diye mırıldandı. Sanki bir nefeste dünyayı geçmişinden bu güne şeritleştirip gözlerinin önünden geçirmeye çalıştı. Mevlâ'nın, kendisini yitiren insanlara ikaz verdiği musibetleri ve akılların almayacağı tufanları seyretti... Asrın, laubali insanının her köşede kumarhane, meyhane günah evleri kurduklarını, gayesiz, şuursuz kafaların, uçurumların dibinde olduklarını düşündükçe üzüntüsü ıyordu. Her çirkin hareketin mübah, her güzel hareketin gericilik sayıldığı azgın çağ, Sodem ve Gomera şehri şuursuz insanlara verilen musibetlerin en belirgin örneğidir. Kendine dön...

Yürümüyordu. Düşünüyordu... Saat hangi rakamın üzerinde durmuştu? Zaman o deli başını nerelerde dolandırıyor, yelkovan akrepten; akrep niçin yelkovandan habersiz? Zamanı en küçük parçalara bölen, o minik saliseyi kim yitirdi? Akrepsiz, yelkovansız kalan küçük insan, akıl terazisinin mihengini bozmak okyanusların insafsız dalgaları arasında boğulmak demektir.

İnsanı sadece kalıbının özelliği ile görmek neye yarar. Enaniyet harcı ile atılan temellerin üzerinde muhteşem sarayları taşıyamayacağı muhakkaktır...

Uzatmalı bakışların hayali, sevinci ve ıstırabı bunlardı.

— Bu çocuk büyürse.

— Bu çocuk gibi filizlenen bir nesil yetişirse?..

Suratlarında beklenmedik bir tebessüm beliriyor ve acı bir gerçeğin kamçılayışından sonra, ölüyordu.

Yağmur, gecenin karanlık örtüsünden süzülüp havayı toprak kokusuyla doldururken Ferhat garip bakışların arasından sıyrılıp meçhule giden yolları adımladı.

Herkes hayranı kesildiği çocuğun ıstırabından habersizce, hayallerini sürdürürken yağmurun ıslattığı çocuk nereye gidiyordu?.. Arkasından bakanlar onu sevdi, kendi dünyalarında çoğalmasını arzuladı...

Gülleri solduranlar, şimdi gül ağacında kalan dikenlerden o saf, o nefis kokuyu teneffüs etmenin hasretini çekiyorlardı.

Dikenler, güller gibi kokar mı hiç?.. Evlatlarını gayesiz yetiştiren babalar hatalarını yeni anlıyorlardı.. Gül diye dikene sürtülen burunlar, can acısıyla irkilince, koku yerine acı, renk yerine kan buluyorlardı. Gaflet uykusundan sıyrılmaya çalışanlar, gül bahçelerinin tarumar edildiğini anlayabildi... Şimdi o muhteşem bahçelerde hâreli güller vardı. Kendilerine sağlam teslim edilen cemiyet, nemelazımcılık felsefesi yüzünden yıkılmış, dünya idaresi maslahatçı, gayesiz, şuursuz insanların ellerine terkedilmişti. Artık ayakların baş, başların ayak olduğu zamanda yaşıyorduk...

Ardı arkası gelmeyen yağmurlar dinmişti... Gece oldukça ilerlemiş, akreple yelkovan "I" rakamının üzerinde buluşmuştu. Pineklediği kuytudan ayrılıp yürümeye başladı.

Ferhat yağmurun yorgun düşen damlalarının altından gölge gibi süzülüp gitti.

Islaklık onu üşütmüştü. Sığınabileceği bir yer bulabilirse, orada geceleyebilirdi.

— Umuk bir yer, diye etrafını aradı... Arkasından gölge gibi takip edildiğinden habersiz durakladı. Gözleri, önünde durduğu bahçe içindeki şadırvana takılmıştı. Aynı noktaya ısrarla baktı... Bahçe kapısı hayallerine engel teşkil ediyordu. Cılız bir ümit onu (Belki açılır) diye düşünceye sevk etti. Denemekten başka çaresi kalmamıştı. Demir kapının üzerindeki kola yapıştı, yukarı çekti.

Açılmıştı. Sevincini gizleyemedi. Aynı zamanda telaşlandı.

Sahibi ve girme izni bulunmayan bu şadırvanın, ona barınaklık etmesi doğru muydu?

Kararsız atılan adımlar, onu şadırvana yaklaştırırken hep bunu düşündü. Takipçisi oldukça sinsi ve tecrübeliydi... Ferhat'ın kulakları dış tesirlerden uzak kalacak kadar içine dönüktü. O, gecenin sessizliğine yavaş yavaş inen ayakların gürültüsünü duymuyordu bile. Beyni karışık düşüncelerin kazanı gibi kaynıyordu.

Bahçe ne kadar mükemmeldi... Gül ağaçları, karanfil çiçekleri, çimenler ve havuzun ortasında kıvrımlaşarak yükselen ve göbeğindeki fıskiyenin serpilerek dökülen suyuyla yıkanan şadırvan... Yorgun bir rüzgâr, çiçeklerin kokusunu sefil görünüşlü çocuğa ikram ederken... Ferhat bütün düşüncelerini arkasında bırakıp yaklaştığı şadırvanın önünde dikilip kaldı...

Neye uğramıştı, bilemedi. Önce omuzundan yapışan ele, sonra üniformalı adamın azametli yüzüne, baktı... Ürperdi, titredi, sarardı. Artık üşümüşlüğünü unutmuş gibiydi... Acıyan omuzunu bekçinin pençesinden kurtarmaya çalışırken, kısık bir ses :

— Bırak, diye inledi. Acıttın.

Kalın sesli, iri yapılı bekçi öfke doluydu.

— Bırakmak mı? diye alay etti. Tam üç gün olmuş seni ararım. Az mı laf işittim senin yüzünden.

Bu adam ne diyordu? Ferhat şaştı :

— Ne üç günü? Ben daha bugün geldim. İstersen otobüs biletimi göstereyim.

— Düzenci çocuk. Yalanı da önceden hazırlamışsın. Söyle bakayım burada işin neydi?

Suratında acı acı çizgiler kaynaştı :

— Üşüdüm, dedi. Kendime barınacak yer aradım. Kimseyi rahatsız etmeden şuracıkta gecelemeyi düşünmüştüm.

Bekçi hiddetlendi, celallendi, Ferhat'ı öfkeli bakışlarla tepeden tırnağa süzüp :

— Sus, dedi. Ben önümden kaçırdığım hırsızı tanımaz mıyım? Üç gün önce karşı köşkü soyanlardan birisin.

Çaresizlik içinde çırpınıyordu :

— Hırsızlık mı? Allah korusun. Müslümanların elleri hakkı olmayan şeylere uzanmaz.

Bekçi Ferhat'a söz hakkı bile vermemişti. Silkeleye silkeleye karakola götürdü...

* * *

Daha gurbetin ilk gecesinde iftira denilen illetin pençesine düşmüştü. Islak urbaların içerisinde titreşirken gittikçe eriyor gibiydi. Karakoldaki vazifelilerin suratına utana sıkıla baktı. Kızardı, bozardı, renkten renge girdi. Getiren bekçi :

— Hırsız diye tanıttı onu. Köşkü soyanlardan bir tanesi.

Komiser mahçup yüzlü çocuğa bakıp sinirlendi.

— Arkadaşların nerede?

Kısık bir sesle güçlükle cevapladı.

— Benim arkadaşım yok.

— Demek tek başına yaptın?

— Ben kimseye bir şey yapmadım.

Bekçi Ferhat'ın ıslak yakasını tutup hırpaladı.

— Bir de utanmadan yalan uydurursun. Ben seni karşıdaki köşkün bahçesinde yakalamadım mı?

Ağlayacaktı. Sabır, diye kendisine kuvvet verdi.

— Ben, oralarda geceleyip gidecektim.

Bekçi alaylı konuştu :

— Bak hele sen. Elin bahçesinde sabahlayacakmış. Bal gibi hırsızlık edecektin.

Ferhat irade dışı bir kızgınlıkla bağırdı :

— Etmeyecektim...

Komiser :

— Nezarete, dedi. Sabah bülbül gibi konuşur.

Nezaret dedikleri daracık bir hücreydi. Duvara bitişik peykeye oturup öylece kaldı... Üzerine kilitlenen demir kapıya bakarken gözleri sitem doluydu :

— Hırsız,diye mırıldandı ve doluktu. Ellerini yüzüne kapatarak ağlamağa başladı. Bu damga ona her şeyden zor ve acı gelmişti.Ne hıçkırıklar ne de gözyaşları ıstırapların çaresiydi. İçinden ılık ılık duygular filizlendi. Mutlak adalet sahibini hatırlayıp toparlandı.

— Allah'ım, diye mırıldandı. Sen her şeye kâdirsin. Bahaneler halk ederek kullarını imtihan edensin.

Hayalleri genişledikçe iç dünyasındaki muhakeme devam etti :

— Bu bekçi beni yakalamasa, ben sokakta üşürdüm. Bekçiyi bana Allah gönderdi...

Alnına vurulan damga onu ne kadar yıldırsa bile Ferhat dağınık hâlini toparlayıp Allah'ına sığındı.

Fazla uyudu sayılmazdı. Ezanla birlikte doğrulup toparlandı. Günün ağarması ırak değildi. Etrafında horul horul uyuyan çocuklara baktı. Sonra kapının demir parmaklığından tutunup ayak seslerini dinledi. Tuvaletten dönen bir polise sesleniyordu :

— Amca!

Polis Ferhat'a sert sert baktı :

— Ne var?

— Abdest alacak bir yer gösterir misin bana?

Polis uykusuz gözlerini ovuştururken bir yandan da alaylı alaylı güldü.

— Şu kadarcık boyunla sen de bizi mi kandıracaksın? Önce hırsızlık, sonra da insanların müsamahasını kazanabilmek için hazırlanmış bir takım dolaplar...

— Ben hırsız değilim. Hem kimseyi kandırmaya da niyetim yok.

— Belli.

— Anlaşılan ne söylesem inanmayacaksın. Bari yardımcı ol da namazımı kılayım.

— Burası karakol. Hem unutma ki nezarettesin. Böyle yerlerde namaz kılmak lâikliğe aykırıdır.

Ferhat güldü :

— Şimdi desteksiz attın.

— Ne demek o?

— Dini İslâm olan bir milleti lâiklik dinsiz edemez ki? Hem lâikliği sen bile anlamadan konuşuyorsun.

Polis kızdı ve yürüdü. Ferhat'ın isteği cevapsız kalmıştı. Ellerini açıp yalvardı.

— Allah'ım Allah'ım, diyordu... Bu nağmeler gönüllere huzur taleb eden dilekçeydi. Pulsuz, mühürsüz ve imzasız.

Bu yeni gün onun için çok çetin başlamıştı. Amansız sorular, yersiz isnatlar. O, iftira denen lekeyi üzerine bulaştırırken Ferhat diliyle reddedip gönlüyle Mevla'sından imdat istiyordu :

— Bu çirkin iftiradan sana sığınırım Yarabbi... Gün akşama dönmesine rağmen o hâlâ derdini anlatmakla meşguldü. Terlemiş, açlıktan hâlsiz düşmüştü.

— İtiraf et.

Bu sözlerin ardından yediği tokatların izleri soluk benzinde vahşi bir dekor gibi duruyordu.

Uzun boylu bir memur ümitlerin sönmeye yüz tuttuğu bir sırada hızla içeri girip âmirini selâmladı.

— Bu çocuk aradığımız hırsız .değilmiş efendim.

— Nereden biliyorsun?

— Suçlular çaldıkları mücevheratla birlikte yakalandı.

Polis memuru hadiseyi anlatınca, Ferhat'ı yakalayıp getiren bekçi suçlu çocuklar gibi komisere baktı.

Komiser:

— Serbest bırak, diye seslenmişti.

Sadece kafasını:

— Olur, diye önüne eğip Ferhat'a kapıyı açtı.

— Çıkabilirsin...

Ferhat'ın duydukları yanlış değildi. Bu apaçık kimliğini ve kimsesizliğini bildiren gurbetlerin ortasına düşmüş çocuğa:

— Serbestsin, diyorlardı. Suçlanıncaya kadar gidebilirsin...

Anasız, babasız, kimsesiz bir çocuğa "gidebilirsin" diyebilmek, en kolay işgüzarlık oluyordu. Bu emir ilk defa Ferhat'a değil günde belki onlarca hatta yüzlerce çocuğa tekrarlanan bir kelimeydi:

— Serbestsiniz.

Önce suçlayıp sonra salıvermek... Sokakların ortasından karanlık gecelerin sessizliğinden toplayıp yeniden getirildikleri yerlere serpiştirmek...

Bu şartlar altında, yakalanıp tekrar sokaklara bırakılan çocuklara, yeni geleceklere yer boşalsın diye "çıkın" deniyordu. Sokakları yurt edenlerin yeni yeni dertler edineceklerini bilmezlikten gelerek salıvermek, suçlanıncaya kadar serbest bırakmaktan başka hiçbir şey değildi.

Bu davranış bana hep çiçekleri hatırlatır. Gelmemiş baharın güneşine aldanıp havayı müsait bularak filizlenen çiçekleri... Tomurcuklanan dallarını... Ve, zamansız kopan fırtınanın, onları avlayışını... Şimdi de bu çocukları sokakların ortasına mutlaka suçlanması için bırakan mercileri ve kanunları düşünüp kahroluyorum.

— Serbestsiniz...

Ferhat, işte böylesine sokakların ortasına bırakılmıştı. Ve onunla beraber iki çocuk daha.

Bekçi, garip duygular içinde bırakılanların arkasından bakarken Ferhat, pusulayı şaşırmış kaptan gibiydi.

Birlikte çıktığı iki çocuk, yanına sokuldu. İçlerinden biri sordu :

— Yalnız mı çalışıyorsun?

Şaştı. Bön bön sesin sahibine bakıp karşılık verdi :

— Benim işim filan yok. Bu sözü sarfederken gözlerine çöreklenen hayalleri kovdu...

Ona muhatap olan çocuk, alaylı alaylı ilâve etti :

— İşin yok mu? Hadi canım sen de. İşin yok da durup dururken mi yakalandın?

— Bir yanlışlıktır oldu işte.

— İstersen birlikte çalışırız.

— İşiniz nedir?. İki çocuk beraber gülüştüler. Bir fısıltı, dudağından iftihar vesilesi gibi koptu.

— Enâyi avcılığı yapıyoruz.

Ferhat, ters ters yüzlerine bakıp yolunu değiştirdi.

Bekçi, salıverdiği çocukları seyrederken kafasında bir şeyler kuruyordu.

Duygulandı... Vicdanı onu Ferhat'ın arkasından sürüklemeye mecbur etti. Uzun müddet takip etti. Ferhat her şeyin farkındaydı...Kendisini takip eden bekçiye nefretle baktı.

— Hâlâ neden peşimdesin?

Üzgündü :

— Hiç, diye omuz çekti. Dolaşıyorum da. Hemen sonra önüne gerilip durdu :

— Nereye gidiyorsun?

Sustu. Bu, istikametinin meçhûl oluşundan ileri geliyordu. Bekçi acıdı. İçinden bir duygu bu çocuğa inanması için onu zorluyordu.

— İyi çocuksun, dedi. Sana haksızlık ettim. Tabiî bilerek değil.

Hassas bir sesle konuşmasını sürdürmek istiyordu:

— Sahiden kimsen yok mu?

— Yok...

— Sevdim seni. Sana yatacak yer, bir de iş temin etsem ister misin?

— İsterim tabiî.

— Aslında sokaklar sana göre yer değil. Benimle gel.

Ferhat sevinmişti. Bütün ıstıraplarını dindirircesine... Bekçi, kendisini sokaklara salıveren mercilerin başaramadığı vazifeyi ifa edecekti...

* * *

Yolları köhne bir gecekondu mahallesinde tükenmişti. Genç, bıyıkları daha yeni terleyen bekçi:

— Geldik, dedi. İşte burası.

Parmağı ile işaretlediği ev ışıksız ve dardı. Her hâli ile biçimsiz yapılmış bir kümesi andırıyordu. Bekçi ilave etti:

— Bitişikte de ben oturuyorum. Biliyor musun yakında da düğünüm var.

Ferhat, garip bakışlarla etrafı gözden geçirdi. Bekçi dalgınlığını yeniden bozuyordu:

— İçeride senin gibi iki arkadaşın daha var. Onları tamirci yanına verdim. Burada da yatıp kalkmalarını sağlayınca her şey kendiliğinden hallolup gitti.

Elini kapıya üç defa vurup açılmasını bekledi... Tahta kapı gıcırdayarak arkasına dayanmıştı... Bir çocuk uykulu gözlerini silip dışarıdakilere baktı.

— Sen misin Hasan amca?

— Evet.

— İçeri gelsene...

Girdiler... İçeriye adımını atar atmaz bekçinin gözüne iki katlı ranza takıldı. Elini böğrüne yaslayıp çocuklara baktı:

— Ranza üçlenecek, dedi. Size bir arkadaş daha getirdim.

Kenan sevinmişti... Kemal sevimsiz bakışlarla misafiri süzdü.

— Nerden geldi?

— Bugün gececi değilim, vazifem bitti. Hele bir ranza daha yapalım. Kendisi size kim olduğunu uzun uzun anlatır.

Çarçabuk tahta ve çivi bulup ranzayı üçledi. Ve:

— Acıkmıştır, dedi. Hazırda bir şeyiniz yok mu?

Kenan:

— Var dedi. Az helva biraz da ekmek arttı.

Bekçi uykusuz ve yorgun olduğu için sabırsızlanıp yanlarından ayrıldı. Giderken:

— Görüşürüz, diyordu. Sabah erkenden.

İki eski ranzanın üzerinde içleri ot doldurulmuş kilimler vardı. Üçüncü ranza ise sadece tahtadan ibaretti. Ferhat bu gece altına serilecek ottan ve eski bir kilim parçasından bile mahrumdu...

KIZIL EŞİK

Gece, üçünü de uyku tutmamıştı. Aynı yaşlarda bulunan üç çocuk, birbirlerini yakinen tanımak istiyordu.

Hepsi de yeni yapılan 3 numaralı ranzaya oturmuştu. Işıkları bile yoktu. Dar pencereden sızan sokak lâmbalarının zayıf pırıltıları, onlara yetiyordu. Bakışlar merak doluydu. Ferhat kendisini uzun uzun dinletti. Sonunda :

— Ben işte buyum, dedi. Bütün hikâyemi dinlediniz. Bundan sonra neler olacağını Allah bilir.

Kenan, Ferhat'ı gördüğü andan beri sevmişti. Gözleri ıslandı, doluka doluka ağladı. Ve şimdi de Ferhat bu hassas çocuğu tanımak istiyordu :

— Ya sen, dedi. Sen neden burdasın?

Kemal, kıskanç ruhlu bir çocuktu. Temelini egoizm harcının meydana getirdiği iskelete sahipti. Ferhat'a hoyrat baktı. Sebebi oldukça basitti.

Neden kendisinden önce Kenan'a sormuştu?. Bu hissiyatın verdiği hırçınlık ve yüzünde dalgalanan kin çizgileri karanlığın içinde kendisini gösterdi.

Kenan, titrek sesiyle kendisini anlatıyordu... Durgunlaştı, rengi soldu. Bunu karanlıkta kendisine bakan gözler farkedemezdi :

Unutamadığım bir bahar akşamıydı... Her şey o günün akşamı başlayıp yine o gece sona erdi. Babam, jandarma başçavuşuydu. Bekçi Hasan amca askerliği onun yanında yaptı. O akşam karakoldan sinirli dönmüştü babam, onu öyle bir vaziyette ilk defa görüyordum. Bir şeyler sezmiş ya da duymuştu. Annemi kıyasıya dövdü. Ne sorduysa annem inkâr ediyordu. Nahiyede o gün düğün vardı. Bir asker telaşla oradan haber getirdi:

— Kavga var.

Babam duramamıştı, gitti. Annem ağlıyordu. Odama çekilip yatmamı söyledi. Dediğini yaptım. Az sonra ayak sesleri duyuldu ve kısık kısık sesler...

Babam olamazdı. Yatağımın içinde doğrulup oturdum. Korkmuştum. Çok geçmeden kapı şiddetle arkaya dayandı. İşte bu ses babamındı:

—Kahpe, diye bağırdı.

Tabanca sesleri korkunçtu. Yerimden fırlayıp salona çıktım. Kapının eşiği kızıl kanlara boyanmıştı. Ve annem çoktan ölmüştü. Telaş içinde sokağa koştum. Evin 10-15 metre ilerisinde de o iğrenç adam yatıyordu. Onun yanı başında da babam... Artık kimsesiz kalmıştım. Hem de alnıma vurulan kara damgayla birlikte. Artık "O kadının oğlu diyeceklerdi. Düşünebiliyor musunuz, o kadının oğlu" Ölen adamın etrafı kalabalıktı. Jandarmalar olmasa belki benim bile sağ kurtulmam mümkün olamazdı. Hasan amcaya mektup yazdım.

Hasan amca askerde babamın postacısıydı. Cevabında:

— Gel, diyordu.

Korkumdan evdeki eşyalara el bile süremeden kaçıp buraya geldim.

O daracık gecekondu sanki hikâyelerin ıstırabından kararıyordu. İki çift nemli göz şimdi Kemal'in üzerinde ısrar etti :

— Ya sen?..

* * *

Kin doluydu. Hayata, insanlara, her şeye...

— Ben, diye başladı. Aranızda kini ölmeyecek, çilesi ömrünce sürüp gidecek en şanssız insanım. Keşke ben de sizin gibi hem anamı hem babamı kaybetmiş olsaydım. Belki yüreğimi burkan sancılar tükenir, her şeyi kısa zamanda unutur giderdim. Gel gör ki benimki öyle cinsten değil. Yaşıyorlar...

Islak gözlerdeki pırıltılar hayret doluydu... Kemal anlattıkça kin kabının içinde yüksek dereceli bir hararetle kaynadı :

— Daha üç ay yeni doldu, diyordu. Ölsem bile o ayrılık gününü unutamam. Sanki yüreğimin başına, kızgın bir demirin ucu ile acı dolu nakışlar işlendi. Annem her gördüğünü istemese, babam onu yola getirebilseydi huzurlu olabilirdik. Nedense bunlar mümkün olmuyordu.

Anlaşmazlık gittikçe büyüdü. Günler artık babamı eve uğramaz etmişti. Sonunda anladık ki zengin bir kadına gidiyormuş. Annemin açık bir itirafı zayıflayan bağları insafsızca kopardı. Babama aynen şöyle bağırıyordu :

— Dilediğin yere git. Sen zengin dost bulurken ben boş durmadım ya. Ben de zengin birini dost tuttum. Sana müjdeler olsun. İkinci bir evliliğin eşiğindeyim.

Babam huysuzlaşacağı, hırçınlaşacağı yerde, katıla katıla güldü. Öfkeleneceğini beklerken sevinmişti.

— Ayrılalım dedi. Yarından tezi yok bu bağlar kopsun...

Tek celsede her şey bitmişti. Birbirlerine mutluluklar dileyerek ayrılırken, anlaşamadıkları tek husus vardı... "BEN"

Yanlış anlaşılmasın. Beni paylaşabilmek için değil, benden kurtulabilmek için dövüştüler. Artık ikisi için de "büyük bir engeldim".

Bu konuyu, birlikte geçirecekleri son gecenin sabahına kadar sonuca bağlayamamışlardı.

Ben sadece susup onları dinleyebildim. Boğazımda acı bir lokma tıkanmış gibi...

Sabah oldu. Her ikisi de yeni kuracakları yuvanın, yeni kiraladıkları evlerinin hazırlığını görüyorlardı. Herkes kendi eşyasını ayırdı. Daha doğrusu bölüştüler. Giyeceklerim bile ortada kalmıştı. Damarlarımda dolaşan kanlar kurudu, dilim tutuldu da tek kelime söyleyemedim. Sonunda annem giyeceklerimi bohçalayıp elime verdi.

— Kiminle kalacağın belli değil, mahkemede sorulduğunda birimizi seçseydin bu zorluk çıkmayacaktı. Bekle bakalım. Sanırım anlaşırız, dedi.

Erimiştim. O canımdan bile çok sevdiğim iki varlık, gözlerimde küçülüp âdileşmişti. Her ikisi, iki araba getirip eşyalarını yükledi.

Ben elimde bohçam, iki arabanın ortasında kalan boşlukta bekledim. Her ikisinin de gözlerinin içine bakarken sessiz sessiz ağlıyordum.

— Gel, diyen bir sözü bekledim. Benimle gel, diyen olsa ıstıraplarım dinecekti. Nedense arzum bir türlü gerçekleşmiyordu. Sabrımın güç yetmezini işte orada harcadım.

Arabacılar sanki her şeyden haberdar gözüküyorlardı. Bir şeyler sezmemiş olsalar bana acıyarak bakmazlardı.

Sonunda ikisi de kendi eşyalarının üzerine bindi. Belki son defa birbirlerine bakıyorlardı. Beni orta yerde ihmal ettiklerinden habersizmiş gibi, alay edercesine birbirlerine karşılıklı el salladılar...

Ortadaki meselenin halledileceği son andı bu. Arabacıya ilk hareket emrini veren babam oldu.

— Sür, dedi.

Annem hayret içinde kalmıştı. Öfkesi, yüz hatlarının derinleştiğinden anlaşılıyordu. Kendi arabacısına o da bağırdı :

— Sür, arabacı...

Arabacının sözleri hâlâ kulaklarımda dalgalanır :

— Ya çocuk?

Fikri enteresandı :

— Babası benim almadığımı görünce, geriye dönüp alacaktır.

Babam da biraz önce arabacısına aynı sözleri fısıldamıştı :

— Anası ona dayanamaz.

Elimde bohça, giden göçlerin arkasından bakıp kaldım. İkisi de dönmemişti. Gücüm yolun orta yerinde ancak ağlamağa yetti. Gururumu kırıp arkalarından koşmayı düşünmedim. İmdadıma Hasan amca yetişti. Olanları ona da anlattım. İçimdeki kini her gün biraz daha besleyerek yaşıyorum.

Zengin olmak istiyorum. Mutlaka zengin olmak. Ne pahasına olursa olsun zengin olmak istiyorum. Beni sokaklara terk eden insanların karşısına çıkıp haykırmalıyım.

— Zevkiniz için sefalete sürüklediğiniz Kemal'im ben. Sizden daha zengin oldum, alın isterseniz size de vereyim, deyip suratlarına çarpmak için...

Hepsi de üzgün ve uykusuzdu... Ferhat acı acı gülümsedi :

— Zenginlik hırsına kapılanlar, her zaman huzursuzdur. Sen onların karşısına zengin bir insan olarak değil, mükemmel bir insan olarak çıkmaya çalış. Onların kaybettiği insanlığı bulmuş olarak karşılarına dikilip, kurtuluşlarını sağlamağa çalış. O insanların gönüllerinde sultanlaştırdığı maddeyi, en büyük değerleri olan fâni aşkı küllendirmiş olarak karşılarına çık. Allah herkesin rızkını verendir. Şayet nasibinde varsa yine zengin olursun.

Sanki Ferhat, Kemal'in bütün imkânlarını bozmuş, hayallerinden hakikate bağlanan köprüyü yıkmıştı. Yüreğinin başına biriktirdiği öfkeden bir miktar harcadı.

— Ben zengin olacağım, zengin. Hep bunun için yaşayacağım.

Ferhat :

— Dile kolay, diye mırıldandı.

Kemal daha da sinirlenmişti :

— Kolay, diye bağırdı. Zengin bir kız belki de dul. Hatta benden çok yaşlı biri bile olsa, «evet» diyeceğim. Göreceksin bir gün bunların hepsi olacak. Sesinin harareti söndü ve kuvveti azaldı...

— Şayet düşündüklerim olmazsa, başka başka şeyler olacak...

Gerisini getiremiyordu :

— Başka başka şeyler, diye mırıldandı.

Kenan, Kemal'den yana düşündü. Kafasında kısa geçmişini hayal ediyordu. Ne zaman bir şey alıp karşılığı olan parayı verse, elleri titrerdi... Sonra da dönüp verdiği parayı geri alacakmış gibi adamın yüzüne bakardı. Demek bu alışkanlık bile zengin olmak hırsından ileri geliyordu.

— Yazık, diye sayıkladı... İnsan kazandığının esiri olmamalı.

Artık konuşmaları tükenmişti. Köhne odanın içi derin bir sessizliğe büründü. Uyudular...

* * *

Bahri, yanında götürdüğü para paketiyle birlikte, kayıplara karışmıştı. Gölge gibi takip edilmesine rağmen, aklına evi gelmişti. Hasret geçilmez olunca korku bile değerini kaybederdi. Her şeyi gözüne alıp elinde para paketiyle birlikte evlerine yaklaştı.. Gecenin karanlıklarını yarıp kapıya sırtını verdi ve üç defa vurdu. Evin kadını korkmuştu... İlk işi Erdem'i uyandırmak oldu:

— Erdem, Erdem.

Erdem uykulu gözlerini ovuşturarak yatağın içinde oturdu.

— Ne oldu anne?

— Birisi kapıyı vuruyor.

— Gecenin bu saatinde kim olabilir?

— Sorsak mı?

Uyku sarhoşluğuyla ayağa doğrulup:

— Sen dur, dedi çocuk.

Kapının arkasına yaklaşıp, kısık bir sesle sordu:

— Kim o?

Titrek bir ses karşılık oluyordu:

— Erdem oğlum, benim. Aç kapıyı.

Heyecandan elleri birbirine dolaşmıştı. Kapıyı aralayıp sessizce içeriye girmesini sağladı. Kıyafeti perişan, sakalları ve saçları birbirine karışmıştı. Evin kadını:

— Bahri, diye heyecanlandı.

Erdem, babasını özlemişti. Sarıldı.

— Baba.

Paketsiz eli oğlunun saçlarını okşadı, sevdi. Erdem'in gözleri babasının elindeki pakete takılmıştı. Aralanıp hayretle sordu :

— Baba, o elindeki paketin içinde ne var?

— Para dedi. Senin, annenin ve benim rızkımız... Size bir kısmını bırakmak için geldim.

Erdem'in elleri yanlarına düşmüştü :

— O herkesin bahsettiği kirli paralar mı? Ferhat'ın babasından aldığınız kızıl akçeler mi? Bize rızık diye kana bulanmış paraları mı bırakacaksın?

Baba hayret komasına girmişti :

— Erdem, diye kızdı.

Erdem ağlıyordu. Hem de hıçkıra hıçkıra. Ellerini yüzüne kapayıp :

— Baba, diye bağırdı. Bize haram lokma getirme. Biz aç kalmaya dayanırız. Ama, Allah'ın gazabına dayanamayız. Acı bize. Sende hiç merhamet yok mu? İnsan aç kalmaya dayanabilir lâkin ateşte yanmaya dayanamaz.

O taştan katı insan birdenbire pörsüdü, yumuşadı. Pamuk çuvalını andırıyordu... Dizlerinin üzerine çöküp oğlunun gözlerine baktı. Gözlerinden akan kanlı yaşlar, buhar buhar kaynayan işkence kazanını andırıyordu. Akıp geçtiği yerleri insafsızca dağladı. Ayağa doğrulduğunda eski hainliği ve katılığı aynen üzerindeydi. Ağlıyordu ama belli etmedi.

— Demek bana Allah korkusunu sen öğreteceksin ha!

Yüzündeki deriler biraz daha gerginleşti, kızardı. Kan beyninde dibek döverken :

— Gidiyorum, dedi. Onu bulmadan yakayı ele verirsem yuh olsun bana. İnsan başladığı işi yarım bırakmamalı. Ölünceye kadar bile arasam bıkmayacağım. Şerefim üzerine yemin olsun...

Erdem :

— Bırak onun peşini, diye ağladı.

Eve aç gelmişti. Yemek istemeden, gözlerinin içine bakarak hasret düğümlerini çözmeğe çalışan ailesine bile karşılık vermeden, geldiği yollardan geriye dönüp karanlıkların arasından yıldırım gibi akıp kayboldu... Son sözü evin içinde fırtına gibi esmişti :

— Onu mutlaka bulmalıyım...

* * *

Gece oldukça serin geçmişti... Kenan güçlükle yerinden doğrulup kalktı. Beli tutulmuş, omuzları katılaşmıştı... Oturduğu yerde gerindi, birtakım hareketler yaparak yumuşamaya çalıştı. Yere indiğinde üst ranzaya bakıyordu... Şaştı. Ferhat'ın üstü başı görünürlerde yoktu. Birinci ranzaya basıp kafasını yukarı uzattı. Ranza boştu. Uyuşuk bir hareketle yere inip düşünmeye başladı. Üzgündü. Çünkü ondan hoşlanmıştı :

— Kemal, diye arkadaşına dürttü.

Homurdanarak gözlerini açtı :

— Ne var be ne oluyor? diye mırıldandı...

— Ferhat gitmiş.

Kemal aldırmadı. Yeniden gözlerini yumup uyumak isterken Kenan :

— Duymadın mı? diye tekrarladı.

Kemal uyku sarhoşluğu ile kızdı, bağırdı :

— Ne yapalım yani, üzüntüsünden hasta mı olalım?

— İyi arkadaştı.

Kenan'la alay etti :

— Ben hoşlanmamıştım.

— Daha bir gece yanımızda misafir oldu.

Uykusu dağılmıştı. Gözlerini iyice aralayıp ovuşturdu. Bütün duygularını açığa vuruyordu.

— Babam belki iyi bir insan değildi ama, bazen doğru şeyler söylerdi. Dünya bir kişiye fazla, üç kişiye az derdi. Yorma kafanı varsın dilediği yere gitsin.

— Sen sadece nefsini mi düşünürsün?

— Başkasına zaman kalmıyor ki.

Kenan sadece dinledi. Kapının arkasındaki çıtırtı dikkatini çekmişti. Aralayıp heyecanla dışarıya baktı :

— Ferhat, diye telaşlandı. Seni gitti zannettik.

Kemal'in kafası önüne yıkıldı ve öylece de kaldı. Ferhat durgunlaştı.

— Gidecek başka yerim yok ki, diye mırıldandı.

— Neredeydin?

— İlerdeki camide namaz kıldım. Belki siz burada kılarsınız diye habersiz gittim.

Kenan kendisinde büyük bir noksanlık hissetmişti :

— Biz namaz kılmayız ki, derken içi ezilmişti âdeta.

Ferhat "neden" diye sormuyordu. İslâm illerinde inkâr fırtınası eseli tomurcuklar cılız, fidanlar bodur kalmıştır. Yirminci asrın lâubali insanı, aslını inkâra kalkışmış. Mevlâ'nın ve Rasûlü'nün yerini maddeyle doldurmaya karar vermişti. Onun için sormak istemedi. Sadece :

— Yazık, diye mırıldandı... Çok yazık.

— İnsanlar, diye sayıkladı. Her fitneyi her çirkinliği makbûl görüp nefsine kölelik eden insanlar... Başkasının hatasını görüp kınarken, öz vicdanına tükürdüğünden habersiz kalan insanlar... Yazıklar olsun size...

Bu fısıltı hâlinde çıkan sözler Kenan'ın içinde bir top alev gibi parlamıştı. Sanki yüreği dünyaya yaprak yaprak açılmış, bütün insanlığa sitem ediyordu...

* * *

Bir tamirhanede işe başlayalı ancak bir hafta olmuştu. Pazar sabahı erkenden uyanıp kalktı. Bu defâ Kenan'ı da uyandırmıştı.

— Namaz dedi. Namaz kılmaya kalkacak mısın?

Kenan kalkıp sevinçle elbisesini giyerken Kemal çağrıya kızarak mukabele etti :

— Rahatsız etmeyin beni. Gidip ne işiniz varsa birlikte görün.

Kemal'in kendilerine uymayışı onları üzüyordu. Belediye çeşmesinde abdest alıp camiden yana yürüdüler... Ferhat bugün her zamankinden daha duyguluydu.

— Kenan, diye mırıldandı.

Yorgun bir ses cevap olmuştu :

— Söyle.

— Namazdan sonra benimle gelir misin?

— Nereye?

— Kardeşime. Bir haftadır görmedim. Özledim. Zararı yok konuşmayalım; uzaktan bile görmeye razıyım.

Hikâyesini dinlemişti.

— Olur, dedi. Nasıl istersen...

* * *

Zaman ilerlemişti. Güneş saçının altun tellerini yeryüzüne dağıtmış yorgun bir rüzgârın tesiri ile dalgalanıp duruyordu.

Ferhat :

— Burası, dedi. Önümüzdeki ev.

Binanın karşısında durup garip garip baktılar. Ev soyunup dökülmüş ağaçlardan farksızdı. Pencereler çıplak, bahçe kimsesizdi...

— Bu bina boşalmış diye, inledi. Göçmüşler buradan.

Etrafa acılı acılı bakarken yanlarından geçen ihtiyar kadına sual etti :

— Hanım teyze, şu evde oturanları tanıyor musun?

İhtiyar kadın ikisini birden süzdükten sonra :

— Yakın komşularımızdı. Göçtüler, dedi.

— Nereye gittiklerini biliyor musun? Adres bıraktılar mı?

— Hayır çocuğum. Gidişlerinden kimselerin haberi olmadı. Sanki kaçtılar.

Kenan'a bakarken buğulu gözlerinden hüzün yumakları sökülüyordu.

— Demek göçtüler, diye sızlandı. Hem de kaçarcasına...

* * *

Son günlerde Kemal deliye dönmüştü... Ferhat'ı ölesiye kıskandı. Daracık evin içerisinde yalnız kalmıştı. Artık Kenan kendisiyle kahveye gelmiyor aşık atmıyordu. Yerden topladıkları sigara izmaritine bile paydos etmişti.

Kendisinde hissettiği eksikliği biraz daha tamamlıyor Ferhat'a bir kat daha yaklaşıyordu.

Ferhat haftalığından artan parayla ders kitapları alıp yarım bıraktığı tahsilini tamamlamaya azmetti. Kenan dinî kitaplar alıyor, boş vakitlerinde beraber çalışıyorlardı.

Kemal taşacak kadar dolmuştu. Ama ne vakit? Kafasını kötü düşüncelerin harmanı yaptı. Ferhat, engelini nasıl aşacaktı. Düşündü düşündü... Aklından kötü kötü şeyler geçiyordu...

Başlarından onu bir defedebilseydi, yine eskisi gibi Kenan'la kafa kafaya verebilirdi... Geriye fırsatları değerlendirmek kaldı. Böyle bir anı sabırsızlıkla bekliyordu. Tamirhanede bile durum değişmişti. Günler yalnızlığını her gün biraz daha fark ettirerek geçti. Ferhat ile Kenan, ikisi de aynı arabanın motoru üzerinde çalışıyorlardı... Kemal onlara oldukça yakın bir arabayı temizliyordu. Ellisini geçkin patron yine öfkelenmişti... İşçilerin etrafında sinirleri gergin olarak dolandı. Ferhat'ın baş ucunda durup mütemadiyen onu kontrol etti. Aklına bir şeyler gelmişti. Elini cebine sokup para çıkardı :

— Ferhat, diye seslendi. Kendisini işe iyice kaptırmıştı. İsmini duyar duymaz sıçradı. Doğrulup patronuna baktı.

— Buyurun efendim?

Önüne kağıt bir para uzanıyordu. Hemen arkasından sert bir lisanla emir verildi.

— Al şu parayı. Rakı, beyaz peynir ve sandviç getir.

Ferhat'ın vücudu yüksek dereceli bir hararetin alevine terkedilmiş gibi toparlandı. İrkildi, ürperdi ve titredi.

Patronun para tutan eli havada kalmıştı. Ferhat kararsızlık geçirmeden itiraz etti :

— Olmaz.

Öfkeli patron şaşırmıştı...

— Ne olmaz?

O mahçup çehre teessür içinde renk değiştirdi. Suratının derisi alev alev yanarken karşılık verdi :

— Olmaz, dedi. Atelyede üzerime düşen her işi yaparım Zor olsa bile. Fakat bu olmaz.

Sert olduğu kadar otoriter bir adamdı. Ferhat'ın namaz kılması geldiğinden beri dikkatini çeken patron alevlendi, kızdı ve bağırdı :

— Rakı olduğu için mi gitmiyorsun?

Kafasını salladı ve ilave etti :

— Bizi yaratan onu kullarına haram kıldı. Mevlâ-nın kanuniyetine saygılı olanlar ona dokunmazlar. Kullanmayanlarsa, içenler için vasıta bile olamazlar.

— Budala, diye öfkesini artırdı. Beni çöl kanununa uydurmak mı istiyorsun?

Önce acı acı güldü. Sonra kor gibi kızardı.

— Pusulasız kaptanın gemisi batmaya müstehaktır. Ben size mutlaka uyacaksınız demedim.

— Püh... Allah'ın kanunuymuş? Her kafa kendisini dilediği gibi idare eder. Kendisini en iyi bilen de yine insanın kendisidir. Seni artık burada çalıştıramam. Tepelenmeden çekilip git buradan.

Üzülmemişti bile. Elini üstüpü ile silip :

— Giderim, dedi. Sadece bir soru için müsâde ver :

Usta aptallaştı, sessiz sedasız yüzüne baktı. Önlerindeki arabanın kaputu açıktı. Şehadet parmağı ile onu işaretlerken :

— Şu motoru görüyor musunuz? diye sordu.

— Kör değilim. Görüyorum elbette.

— Şimdi o motorun ilk icadını ve onun mûcidini düşün. Katalogsuz ve ne işe yaradığını haber vermeden, akıllı bilinen insanların önüne bıraksaydı ve onlara "Bu nedir?" diye sorsaydı, sadece yüzüne bakıp herkes hiç diyecekti. Muhtelif yerleri delinmiş, birbirine bağlanmış demir parçası pekâlâ onu en iyi bilen kimdi...?

— Tabii ki icat eden.

— Sonunda bile onun bıraktığı kataloga göre iş gördürülmez miydi?

— Diyelim ki öyle olurdu.

— Mevlâ da yarattığını en iyi bilendir. Katalog bırakmıştır. Ona müracaat ve itaat etmeye mecburuz.

İnsanlar bilmedikleri her şeyin düşmanıdır. Dilerim siz de onlardan olmayın. İnsanlara bırakılan kataloğa, Kur'an-ı Hakîm'e müracaat ediniz... Onu inkâr kimseye bir şey kazandırmaz.

Kenan kendisinden geçmişti. Eli, kolu durdu. Ferhat'ın yüzüne bakarken ıstırap doluydu. Kemal elinden işini bırakıp ustasına koşarken sevinçliydi.

— Patron ben alırım, diye paraya uzandı.

Kenan, Ferhat'ın mânevî bir yükten kurtulmasına sevinirken kovuluşuna üzüldü... Ferhat yanına sokulup :

— Kısmet, dedi. Başka iş ararım. Tabiî işsiz diye yanınızdan kovmazsanız.

— Akşam buluşuruz, diye fısıldadı Kenan. Şimdi doğru eve git.

Patron gürültüleri duymayacak kadar dalmıştı. Şimdiye kadar tanımadığı bir çocuğun dünyasını tahlil ediyordu. Anasız, babasız, ekmek parasına muhtaç bir çocuğun dünyasını... Allah rızası için inançlarına ters düşen fikre hizmet etmeyişini... Kovuluşuna bile göğüs gerişini tahlil etti...

Ömrü boyu, o kafası iskeletinin üzerinde durdukça, böyle bir direnişe maruz kalmamıştı... Terledi, sıkıntısı yenilendi, dudaklarını insafsızca gevdi...

Ferhat'ın arkasından bakıyordu... O kötü bildiği şeye âlet olmayan, boyun eğmeyen çocuğun arkasından... Gözlerinden uzaklaştıkça yanaklarının üzerinden sıcak damlacıklar süzüldü.

Mânâ veremediği, aslına eremediği duygulanışın gözbebeklerinden incileri dökülüyordu.

Burnunun dibinde, elinde rakı şişesi ve erzakla bekleyen Kemal'i göremeyecek kadar dalmıştı. Bir ses :

— Usta, diye seslendi. İstediklerini getirdim.

Hassasiyet kazanan gözler irildi. Bakışları sertleşti. Kemal'in elindeki şişeye adetâ lânetle bakıyordu.

Elini şişeye hışımla uzatıp yere çalışı bir olmuştu... Kemal ustasının azametinden üç beş adım geri çekildi:

— Allah'ın kanunu diye mırıldandı patron. Motoru en iyi bilen mûcid ise; insanı en iyi bilen de yaratandır. Motor su ile çalışmazsa demek insan da alkolle uyuşur laçkalaşır.

Ağlıyordu, feryadını iç dünyasına terk ederek...

Kemal morardı, sarardı. Olanca neşesini yitirmişti. Kenan'ın gözbebeklerinde sevinç pırıltıları kaynaşırken:

— Uymalı, diye mırıldandı. Bizi yaratanın kanununa mutlaka uymalı. Reddetmek külhanbeylik, cesurluk olamaz. Olsa olsa aptallık olur...

Ustanın gözlerinde, derin bir mahcubiyetin izleri vardı. Kenan'ın dudaklarından fısıltı halinde dökülen sözlere, acı bir tebessümle mukabele etti:

— Uymalı, diye sızlandı. Ama bu yaştan sonra neye yarar? Biz unu eledik...

Kenan, ellilik ustasının, pişmanlık içinde çırpınışını görüp cesaret bulmuştu:

— Usta, diye heyecanlandı. Madem ki yaşıyorsun, vakit geçmiş sayılmaz.

Kenan'a arzu dolu bir hissiyatla, ılık ılık baktı...

— Hiç de fena bir fikir değil, diye mırıldandı... Madem ki yaşıyoruz vakit geçmiş sayılmaz...

Hadi bakalım siz işinizin başına...

SOKAK LAMBALARI

Ferhat sevinç doluydu. Kenan ona, ustasının "İşine dönsün" haberini getirmişti... O katı, taştan daha katı insanın, süt köpüğü gibi yumuşaması, kendisini şaşırtmıştı... Kenan, Ferhat'ın sevincini paylaşırken Kemal barut fıçısından farksızdı.

Arkadaşlarının sohbetine katılmadan, onları dinledi...

Gece o insafsız karanlıklarıyla dünyayı yeniden kucaklamıştı. Kenan yattı, Kemal sinsi bir uyku taklidiyle gözlerini kapattı. Ferhat uykudan başka şeyler düşünüyordu. Ders çalışacağı kitabı alıp sessizce sokağa süzüldü...

Kemal, şaşırmıştı. Sinsice doğrulup yatağının üzerinde oturdu... Bir müddet bekledi. Heyecandan güçlükle nefes alıp veriyordu... İçinden :

— Artık tükendin, diye isyan edip dişlerini kırarcasına sıktı.

Yolun üzerindeki sokak fenerleri, gecenin siyah örtüsünü zedelerken Ferhat elektrik direğinin altında oturup kitabını açtı... İstekle okuyordu. Hayat denilen muammanın korkunç zincirini kırmak için... Etiket budalası dünyanın cilalı duvarlarına diplomasını asmak için, okuyordu... Belki bir makam hırsı, belki de ilim deryasının sırrına erebilmek için... Her ne için olursa olsun okuyordu.

Dalmıştı. Caddenin ortasında beklenmedik bir ses gecenin sükûtunu bozdu... Sıçrayıp etrafına baktı... Neden sonra yoldan geçen bir arabanın, aniden sıkılan freni olduğunu anlamıştı. Rahatladı... Hemen ilerisinde duran arabaya baygın baygın baktı... Lâstiği patlamıştı...

Önce umursamaz bir hareketle kitabına göz attı. Karşıdaki grantuvalet bir beyefendiydi. Adam, arabasının patlak lâstiğini unutup elektrik direğinin altında oturan Ferhat'a baktı. Gözgöze gelmişlerdi. Adam Ferhat'ın gözlerinin içine baka baka seslendi:

— Delikanlı...

Bu ses yolun ortasında arabasını durduran adamdan geliyordu...

Üzgün ve ürkek bir tavır tereddüt perdesini yırtarak cevap verdi:

— Efendim...

— Gecenin bu saatinde orada ne yaptığını merak ettim.

— Ders çalışıyorum.

Adam, garip bir eda ile güldü:

— Sokak fenerlerinin altında mı?

— Her zaman saraylarda olmaz.

Merak ettiğim o değil. Niçin evinizde değil de burada?

— Evimizde ne fener ne de lamba var.

Adam gerçekleri kabul edememişti. İnanamayıp dudak büktü ve ilave etti:

— Bu devirde bu kadar mağdur bir aile var mı?

Cevap vermiyordu. Öfke dolu bir umursamazlıkla kaldığı yerden kitabını okumaya devam etti... Bu hâl adamı duygulandırmış ve merakını iyice tahrik etmişti.

— Hangi mektepte okuyorsun?

— Hiçbirisinde... Dışardan vereceğim imtihanları.

— Annen baban ne iş yapar?

— Dünyadaki bütün işlerini bitirdiler...

Üzülmüştü :

— Senin çalıştığın bir işin yok mu?

— Vardı. Kovuldum. Gönlü olmuş, yarın yine çalışacağım.

Üzülmüştü bir şeyler düşünüp çağırdı :

— Gelsene buraya.

Elindeki kitabı direğin dibine koyup usul adımlarla yaklaştı... Adam cebinden çıkardığı kartı Ferhat'a uzatıyordu :

— Şayet okumak istiyorsan, bu kartı alıp sabah erkenden bana gel.

Kısa bir devre kararsızlık içinde çırpınıp kendisine uzatılan kartı aldı. Kart eline geçince sevincinden titriyordu...

Kartı ceketinin cebine indirip hitap etti :

— Yardım edebilir miyim?

— Anlar mısın bu işten?

— Anlarım, daha önce tamirci yanında çalıştım.

— Eh, hadi görelim öyle ise...

Ferhat, çarçabuk bagajı açıp yedek lâstiği çıkardı. Diğerini söküp yenisini taktı. Bagaja patlak lâstiği yerleştirip kapattı. Sonra :

— Tamam, dedi :

— Eline sağlık... Unutma yarın mutlaka bekliyorum. Adresini tarif ederek tekrarladı, sonra arabasına bindiği gibi yolların üzerinde akıp gitti.

Tekrar aynı lambanın altına dönmüştü. Artık kitap okuyamıyordu. Bir sürü hayaller kurarak daldı... Arkasından sinsi adımlarla yaklaşan düşmanını fark edemeden, hayallerin çözülmesine dalmıştı...

Elinde iri taş, gözleri dönmüştü. Taş yüklü kollarını, yukarı kaldırdı. Ferhat'ın önüne düşen gölge korkunçtu. Dalgın bakışlar rüyadan uyanır gibi o korkunç gölgenin üzerine düşünce sıçradı. Üzerine inecek taşın hedefinden kenara fırladı.

Kemal suratına bir kazan su boşaltılmış kadar terli ve o kadar da tedirgindi. Ferhat bağırdı :

— Ne yaptığını zannediyorsun?

Yorgun bir nefes inliyor gibiydi. Ürkek ve kısık bir ses kekeledi :

— Şaka, şaka yapıyordum, sadece biraz korkutayım dedim.

Bütün hissiyatı, korkunç arzuları ile beraber gözlerinden okunuyordu.

Belli, diye acındı. Fakat şaka yaptığın belliydi. Doğrusu başkası beklenemez.

Kenan sabah namazına kalktığı vakit içinde buruk bir acı dolanıyordu... İki numaralı ranzaya baktı. Kemal uyuyordu... Gözleri acılı bakışlarla sönen bir top alevi andırıyordu Üç numaralı ranzaya bakıp göğüs geçirdi.

— Ferhat, deyip boynunu büktü. Ona alışmıştı. Daha doğrusu onun şahsiyetinde istikamet bulmuştu. Onun yardımı ile yeni bir dünyaya pencere açmıştı. Eşsiz güzelliklerin seyrine açılan bir pencereden bakmasını öğrenmişti... Yokluğu onu üzdü...

— En son gelen, en önce gitti diye sayıkladı. Üzüntüsünü gideren tek mesele vardı, onunla teselli buldu : Ferhat kurtulmuştu... Ona göre, Ferhat her mükâfata lâyık bir insandı. Belki de Mevlâ bunun için ona hayatını bağışladı.

Meydanlıktaki belediye çeşmesinden abdest alıp cemaate yetişti. Geri döndüğünde Kemal hâlâ uyuyordu...

— Bugün tatil, diye mırıldandı. Uyusun. Kitap okumaya başlamıştı... Gözleri yoruluncaya kadar, günün ilerlemiş vaktini farketmemişti. Dar pencereden sızan ışıklara bakıp kitabını uygun bir köşeye bıraktı... Şimdi sıra gaz ocağını pompalamaya gelmişti... Kahvaltı sofrasını hazırlayıp arkadaşına seslendi :

— Kemal...

Gözlerini oğuşturarak uyandı... Doğrulup ot yataklı ranzasının üzerinde oturdu. Esnedi, gerindi, meraklı meraklı etrafına baktı. Sevinmesi lâzım gelirken bir türlü sevinemiyordu. İçinde gittikçe büyüyen bir sıkıntının gebeliğini çekiyordu. Mâna veremediği bu hâli düşündü :

— Ferhat, diye sayıkladı...

Sıkıntısının sebebini bulmuşa benziyordu. Anlaşılan Ferhat'ın kurtuluşu Kemal'e işkence olmuştu.

— Ne kadar şanslı, diye öfkelendi...

Sızlayan kollarını oğuşturup vücuduna batan ot yatağa baktı :

— Bir gün, kader bana da gülecek, diye mırıldandı. İşte o zaman...

Kendisini terk edenleri düşündü... Onların karşısına güçlü olarak çıkmalıydı... Kendi dünyasına göre yenilmeyen tek kuvvet zenginlikti... Parası olursa, anne ve babasından intikam alacaktı... Onun için de çok parası olmalıydı...

Yirminci asırda geçerli olan tek kuvvet buydu... Akçe... Materyalist felsefenin varmak istediği tek gâye Allah diye taptığı fâni... En kuvvetli silah, hayallerdeki sevgili, mânâya perde çeken illet... Kemal işte bu noktaya gelmek istiyordu...

Kenan'ın ikinci çağrısı, onu sıçratmıştı. Uykudan yeni uyanmış gibi sersemledi :

— Geliyorum, dedi.

Kahvaltıları çay ve ekmekti... Kenan rahatlayabilmek için Ferhat'dan söz etti :

— Okuyacak. Büyük adam olacak. Onun için de yanımızdan ayrılışına üzülmüyorum.

Kemal dişlerini gıcırdattı, Kenan'a ters ters baktı. Kenan ilave etti :

— Sen de benimle gelecek misin?

— Nereye?

— Bahar'a, Ferhat'ın kardeşini aramaya. Bulabilirsek ona en büyük müjdemiz olur.

Şeytanî bir düşünce kafatasının içini karıştırmıştı :

— Gelirim, derken yeniden daldı...

— Bahar, diye hayal etti... Onu ben bulmalıyım... Çok parası varmış. Seneler sonra karşısına çıkar, ben Ferhat'ım dersem rahatlıkla yutar... İşte o zaman...?

Bu son söz dudaklarının arasından fısıltı hâlinde dökülmüştü.

Kenan, arkadaşının yüzünde çizgileşen duyguları okuyamamıştı... Garip bir tavırla seyredip kararsızlık içinde omuz çekti...

* * *

Aradıklarını bulamamışlardı. Kemal arkadaşının işaret ettiği eve oldukça dikkatli baktı... Zeki, güç problemleri çözecek bir kafaya sahipti... Kenan'dan ısrarla sordu :

— Yanında kaldığı adamın ismini hatırlıyor musun?

— Cevdet Akın, diye mırıldandı. Serbest çalışırmış. Belli bir adresi yok.

Karşısında duran eve, baykuşlar gibi dalıp kaldı :

— Zor, dedi. Dönelim artık.

Yorulmuşlardı. Vakit ilerlemiş, güneş tepeye yaklaşmıştı.

Kenan :

— Vakit yakın, dedi. Abdest tazelemeli.

— Desene beni ekeceksin.

Hassas bir ses :

— Sen de gelsen, diye davet etti.

Alaylı alaylı gülmüştü. Bu hareket "yok" demekti.

— Üzülme, diye söylendi. Benim de bazı işlerim var.

— Yine köşelere saklanıp annenle babanı mı seyredeceksin?

— Yok, dedi. Bu defa başka... Hem, gün ışığında görürler. Ben onları geceleri seyrederim.

— Gitsen, diyorum. İçlerinden birini seçip onunla kalsan...

— Sen olsan gider miydin?

— Bilmem.

— Giderdim desen yalan söyleyecektin... Ancak bir halde giderim : Zengin olunca. İşte o zaman karşılarına çıkıp haykırmak için "ben sizin sokaklara terk ettiğiniz Kemal'im" diye... Çok acı çektim diyeceğim. Geceleri pencerelerinizin karşısına saklanıp sizi seyrettim. Siz çeşitli yemeklerle karnınızı doyururken...

Doluktu, gözleri ıslak ıslaktı... Ağlamaklı bir ses güçlükle devam ediyordu :

— Sizler balkonunuzda çocuklarınızla habire tıkınırken ben açtım... İçim ana baba hasreti ile yandı da yanınıza gelip "Ben de buradayım" diyemedim... İşte böyle bağıracağım onlara.

Daha sonra çekip giderim. Artık onları görmesem bile olur... Ebediyen...

Ağlıyordu. İçini çeke çeke Kenan'ın yanından uzaklaştı...

Köşeyi döner dönmez, saklanıp gözlerini sildi... Anlaşılan Kenan'ın gözlerden uzaklaşmasını bekliyordu...

Hırs doluydu. Bir şeyler yapabilmek, kısa yoldan zengin olabilmek duygusu tazelik kazanmıştı...

Şimdilik Bahar'ı bulmak onun icin en büyük ümitti.

Az önce ayrıldıkları yere geri dönüp boş binayı istekli istekli seyretti. Üzerinde (Kiralık) levhası asılı evin bahçesinden içeriye gölge gibi süzüldü. Yere eğilip kırışmış, atılmış bir kağıt parçasını aldı... Kalemini yokladı, evin kapı numarasını kaydetti. Karşısına çıkan olursa cevap hazırdı... Evin kapısına çakılı elektrik, su numaralarını yazıp dışarı çıktı... İşini bitirmişti :

— Şayet bu şehirden çıkmamışlarsa kolay, diye sevindi...

Bu gece canı konuşmak bile istemiyordu. Erkenden yattı. Uyuyormuş gibi gözlerini yummuş fakat sabaha kadar uyuyamamıştı. Ertesi gün ilk işi ustasından izin istemek olmuştu... Kenan şaşırdı... İlk önce işe dayanamadığını zannetti.

— Yok, ondan değildir, dedi kendi kendine. Annesine, belki de babasına gidebileceğini düşünüp sükûn etti... Kenan'ın düşündüklerinin ikisi de olmamıştı... Kemal, nefesi elektrik idaresinde aldı... Bir memurun önünde boynunu büküp kâğıdı ona uzatırken :

— Ağabey, diye yalvardı şu kağıdın üzerinde yazılı elektrik abonesi... Şimdi hangi numaraya abone oldu?

Memur başını çevirip garip bir tavırla baktı :

— Ne yapacaksın?

— Bacım yanlarında evlatlıktı. Elimdeki adresten taşınmışlar. Komşuları ancak bu şekilde bulursun diye öğütledi... Gurbet ilde garip kaldım. Bulursan... diye kekeledi...

Memur dudak büktü. Kemal'e acımış olmalı ki:

— Zor, diye mırıldandı. Semtini bile bilmiyorsun...

— Bilmiyorum...

Memurun hareketlerinden yardımcı olacağı anlaşılıyordu...

— İsim ve eski abone numarası, diye mırıldandı Kemal. Elimde bulunan her şey bu.

— Hele otur bakalım, şansın varsa bulunur...

Belki bir saatten fazla aramıştı... Elinin tersiyle alnının terini silip derin bir nefes aldı... Bulmuştu... Düzgün harflerle adresi yazıp Kemal'e uzattı:

— Al bakalım delikanlı şanslıymışsın.

Sevindi. Keyfine diyecek yoktu:

— Sağol ağabey, diye gülümsedi. Seni yordum, kusura bakma.

— İşin oldu ya. Yorgunluk çabuk geçer...

İç içe sokaklardan geçip adresi aradı... Azmetmişti, bu gün her şey bitmeliydi..Gözleri pembe boyalı evin bahçe kapısındaki numarayı okudu... Parlayan bakışları bahçenin şadırvanında ısrar etti... Alçak yapılı duvara yaklaşıp tel örgülerin arasından baktı... Pencereden bahçeye inen ses, yanılmadığını gösteriyordu:

— Bahar içeri gel...

Kemal bu simayı unutmamak için hayalinde resimleştirdi:

— Benden kurtulamıyacaksın, diyordu... Fazla değil, en çok iki üç sene sonra... Yıllar, yüzlerimizin yapısını değiştirince, müşküllerim bitecek... Malınla, mülkünle, bütün servetinle bana geleceksin... Sana, artık ellerin yanında durma, diyeceğim.... Önce durabileceğimiz bir ev tutacağız. Sonra, zaman her şeyi hâlledecek. Kardeşlik bitip...

Belki, böylesi seni daha da çok sevindirebilir. Tabii en çok sevinen ben olurum...

* * *

Mekteplerin açılmasına birkaç gün kalmıştı... Son günler Kemal'i iyice değiştirdi. İş yerinde soğuk, evde soğuk, dalıp giden bir insan yaptı. Ustası ona kızdı:

— Bu hâlin ne be çocuk! Çalışmayı da konuşmayı da unuttun... Bırak şu uyuşukluğu da biraz işe yara.

Aptal aptal ustasının suratına bakıp kaldı. Uyuşuk, miskin bir hâli vardı. Elindeki anahtarı çalıştığı arabanın üzerine bırakıp yürüdü... Az sonra Kenan'ın dalgın bakışları uzaklarda dalgalandı...

Giyinmiş gidiyordu Kemal... Usta cevabını çoktan almıştı... Kısa bir düşüncenin arkasından işine devam etti...

Gidiyordu... Bastığı yerleri farketmeyecek kadar dalgındı... Omuzuna asılan güçlü bir el onu zorladı:

— Nereye?

Kenan'a kızmamıştı:

— Çalışamıyorum usandım.

— Ne yapmak istiyorsun? Başka çaremiz var mı?

— Bilmiyorum.

— Anlaşılan düşüncelisin. Doğru eve git, akşam konuşuruz.

— Bekleme beni bakarsın gelmem.

Kenan'ın elleri yanlarına düşüp kaldı:

— Sen bilirsin. Belki böylesi daha hayırlı olur.

Vedalaşmayı bile düşünmemişti. Kaldığı yerden hayallerine devam ederek yürüdü... Kenan yapayalnız kalmışlığın acısını duyup iki damla göz yaşı sıraladı:

— Git bakalım, dedi. Gideceğin yeri söylemeden git... Vefasız sen de. Anamız, babamız yoktu, ama arkadaşlığımız vardı. Birlikte her şeyi unutmuştuk.

* * *

Ferhat kendisini ayrı bir dünyanın içinde bulmuştu. Müslüman, Hristiyan, Mûsevi karışımı mektebin açıldığı ilk gündü... Kolejin kendisine has kıyafeti içinde mükemmel bir talebeydi... Bakan her gözün sempatisini kazanacak bir görünüm arz ediyordu... Lacivert ceket, gri pantolon, siyah,cilalı ayakkabılar, varlığının süsü olmuştu.

Okulun lisan bakımından belki de en gerilerde kalan öğrencisiydi... Zaman geçirmeden aradaki mesafeyi kapatmaya çalıştı... Aslında problem sadece bununla kalmıyordu... Saatine baktı, yelkovan ikindi vaktini işaretliyordu. Abdest almak, bir bakıma, kolay sayılırdı. Gel gör ki namaz kılabilmek için yer bile yoktu.

Zilin cırlak sesi, dersin sona erdiğini bildiriyordu. Doğru lavaboya koştu... Abdest alıyordu. Üzerinde ısrarlı bakışlar, alay ediyordu... Bir tanesi:

— Galiba ayağı kokuyor, diye güldü...

Anlaşılan, ne yaptığını bilmeyecek kadar bu işin yabancısı olanlar da vardı...

Çarçabuk ayakkabılarını giyinip saçlarını itina ile taradı. Doğru hademelerin bulunduğu odaya koştu. Yaşlı, emektar ihtiyar, Ferhat'ı görünce sordu:

— Bir şey mi diyecektin?

— Hayır, sadece namaz kılabilecek yeriniz var mı diye soracaktım...

Emektar ihtiyar utanmıştı... Ferhat'ı tepeden tırnağa süzerken hayret komasına girdi...

— Demek, namaz kılıyorsun?

— Evet, der gibi kafasını salladı...

İhtiyar hademenin eli ayağı dolaşmıştı... Gözü, tahta kanepeye ilişti. Şahadet parmağıyla işaretlerken :

— Nah, işte burada kıl dedi. Yalnız kıble ne tarafadır bilmiyorum.

Sevinmişti... Yön tayin edip kanapenin baş tarafını kıbleye çevirdi... İhtiyar hayran hayran kendisini seyrederken hislendi, hatta ağladı... Yılların tokatlarına aldırmayan adamın kafasına bir çocuğun hareketi balyoz gibi inmiş, gözlerinden yaş boşalmıştı.

Ferhat ibadetini bitirip koştu... Ders zili daha yeni çalıyordu...

Merdivenleri kararsızca tırmanırken adının, anons edildiğini duyup durakladı...

— Kim olabilirdi? Çıktığı merdivenlerden geriye inip müracaat odasına geldi... İbrahim Bey'i karşısında bulunca sevinmişti... Eline uzanıp :

— Hoş geldiniz, dedi.

Bakışları birdenbire garipleşti, tavırları aniden değişti. Olmayacak, bir şey olmuştu. Şaşkın hâli, yüksek bir sevinç potansiyeli ile yer değiştirdi.

— Kemal, diye coştu... İbrahim Bey'in yan tarafında duran çocuğa sarıldı :

— Hoş geldin.

Soğuk bir söz cevap olarak kâfi görülmüştü :

— Hoş bulduk.

İbrahim Bey, Kemal'i Ferhat'a emanet ediyordu :

— İkiniz kardeş gibi bir ve beraber olun. Aynı sınıfa verildiniz. İyi çalışın iyi haberlerinizi bekliyorum...

Kemal'in saçlarını okşayıp Ferhat'ın alnından öptü. Bu küçük ayırım Kemal'i yorgun düşürmüştü. Belli etmemeğe çalıştı. Ferhat onu çok iyi tanırdı. Yüzüne bakar bakmaz kıskandığını farketti... Elinden tutup :

— Gidelim, dedi...

Merdivenleri çıkıyorlardı. Ferhat yenemediği merakı giderebilmek için Kemal'den sordu:

— Anlatsana, nasıl girdin bu okula?

Garipliğin verdiği yakınlıkla, olanları aynen anlattı:

— İbrahim Bey'in sana verdiği adresi iyice ezberlemiştim. Kurtuluşun, okumakta olduğunu düşünüp karttaki adresi buldum. Okumak istediğimi söyleyip yalvardım. Üstelik tahsile ara bile vermemiştim.

İyi bir adammış. Hâlime acıyıp teklifimi kabul etti.

— Sevindim. Çok iyi akıl etmişsin. Kenan ne yapıyor? Iyi mi?

— Çalışıyor...

Okul, Ferhat'ın Ferhat bütün talebelerin alışageldiği şeklin dışında bir örnek teşkil ediyordu... Adı kısa zamanda "Takunyalı" olarak yayıldı. Yahudi ve Hristiyan olan çocuklar ona:

— Sofi diyorlardı...

Müslüman çocuklar bile ona yabancı kalıyordu...

Sanki, her geçen gün hadiseler dizisinden birer numûne olmaya başlamıştı... Öz benlikleri ile alay ettiklerinden habersiz olanlar, Ferhat'ın inançları ile eğlendiklerini zannediyorlardı. Onu; altın neslin en bâriz örneğini, bataklıkta açan taze gülü horluyorlardı... Kemal bile o karışık gurubun içinde yerini almış, Ferhat'ın mâneviyatı ile alay ediyordu.

Daha derslerin ilerlememiş günlerinde zuhur eden bir olay, gönlüne silinmeyecek mühür mü vurmuştu...

Yatma zamanı yakındı... Okulun pansiyonunda talebeler uykuya hazırlık görürlerken, Ferhat yirminci asrın âdabına uymadığı savunulan en mühim bir vazifesini ifa ediyordu...

Huzura durmuştu.Yatağından kafasını kaldıranlar yere indi, çocukların içinde Ferhat'ın ne yaptığını merak edenler oldukça fazlaydı... Arkasındaki boşlukta kümelenip uzatmalı bir seyiri sürdürmeye başladılar...

O müslüman ana ve babaların çocukları, İslâm'ın temel ibadeti olan namazı ilk defa görüyorlarmış gibi Hıristiyan ve Yahudi çocuklarından farksız tavırlar takınmakta gecikmemişlerdi.

Gayri millî düşünce ve nizam, bu milleti benliğinden, inançlarından hatta, şahsiyetinden koparmış, bunaltmıştı... Her geçen gün tarihin bu en şerefli milletini, budamış, törpülemiş, bodurlaştırmıştı...

Bir Yahudi öğrenci koşarak nöbetçi öğretmeni buldu... Öğretmen her şeyini yitirmiş gibi telaşa kapılan talebe ile aynı fikirde idi.

— Öğretmenim, diye heyecanlandı.

Yaşlı kadın dönüp arkasına baktı:

— Ne vardır be çocuk. Telaşın da nedir?

— Öğretmenim öğretmenim, bizim koğuşa gelin bakın neler oluyor...

Önlü arkalı koşuşarak ikisi birden koğuşa geldiler. Ferhat namazını daha bitirmemişti. Yaşlı öğretmen hayret içinde kaldı... Olduğu yerde çivilenmiş gibi durup Ferhat'ı seyrederken... Talebelerin gözleri, ne yapacağının merakı ile üzerine çevrildi. Öğretmen garip bir tavırla kıpırdanıp, şaşkın bir eda ile hayretini açığa döktü:

— Ay bu çocuk namaz kılıyordur... Demek böyle modern okulda sofi talebeler vardır...

Ferhat namazı bitirip etrafını büyük bir teessürle süzdü. O, bir feryadında binlerce bülbülün nâlanı gizli olan çocuk, gözünün tek kefesinde ummanların çağladığı insan, sıkılmıştı... Mevlâsına yöneldiği için değil, duygusunu, benliğini, maneviyatını, her şeyini yitirmiş yaratıklar arasında kaldığı için...

Istırap içinde çırpınıp acı acı yutkunurken Yahudi nesepli öğretmen baktı... Pürtelaş öğretmen, o nazik bakışlara hedef olduğunu fark edince aniden toparlandı, sıçradı :

— Napordun öyle? derken öfkesinden yanakları kızarmıştı.

— Az önce ne yaptığımı kendiniz söylediniz ya...

— Olmor, olmor, burada öyle şey, diye azarladı... Mektepte sofilik olmaz. Herkes başına toplanmış seni ayıplor.

Kızdı :

— Onlar küflenen vicdanlarını ayıplasınlar. Ben Mevla'nın emrettiği vazifeyi yaptım.

— Ama Ferhat ayıp olor, dedim. Öğretmene talebe itiraz etmez.

— Şu anda Allah'ın emirlerini inkâr edip inançlarımla alay edenlere karşı itiraz hakkı doğuyor.

— Koca sofi, diye kafasını salladı. Ay seninle baş edilmezdir. Söyle bakayım numoronu. Yarın disiplin kuruluna verilmişsindir.

Ferhat eğilmeyi değil kırılmayı tercih etti :

— Numaram 79, ismim Ferhat Tunalı...

DİSİPLİN KURULU

Disiplin kurulunda zihniyetler çarpışıyordu... Türk olan Türkçe öğretmeni Münevver Hanım, dayanamayıp müdahele etti :

— Verilen bu karar yersiz ve ağırdır, diye bağırdı. İnsanlar hangi dine mensup olurlarsa olsunlar inançları yüzünden cezalandırılamazlar... Üstelik yaşadığımız ülkenin dini İslâm'dır... Bu milletin evladı olan Ferhat da dininin vecibelerini kimseye zarar vermeden yerine getirmiştir.

Hoca hanıma sert bir karşılık gelmişti :

— Ama unutormusunuz ki o çocuk bana karşı gelmiştir.

Bu tepki Ferhat'ı disiplin kuruluna şikayet eden hanımdan gelmişti. Öfkesini yenememiş olacak ki aynı kızgınlıkla kesin konuştu :

— Tart kararı oldukça yerindedir, bundan başkası düşünülemez. Sıra yeryüzüne Hristiyan dinini yaymak için her fırsatı değerlendiren öğretmene gelmişti :

— Yaptığımız soruşturmanın akabinde anlaşılmıştır ki talebeleri başına toplayıp İslâm hukuku dersleri verirmiş. Şeriatı methedermiş. Türk talebelerin çoklarını kendisine uydurduğu bile bir gerçektir...

Münevver hoca kızmıştı. Bu onun belki de ömründe en haklı haykırışı oluyordu...

— Bir dâvâ delilsiz, mesnetsiz hücuma uğrarsa o fikrin sahibine fikrini müdafaa hakkı doğar. Ferhat eğer fikriyatı ile alay edilip suçlanmışsa zihniyetin aslını anlatması lâzımdır. Ülkemizde dünyanın bütün hukukları, okullarda ders olarak verilirken İslâm hukuku maziye hapsedilemez...

Karışık üyelerden müteşekkil kurul, Münevver Hanım'a "Pes" diyordu. Buna rağmen Ferhat'ın yatakhanede ve açık yerlerde namaz kılması yasaklandı...

Her hadise, her münâzara mutlaka bir gerçeğin gebeliğini çekerdi. Çoğu kere de doğru olan bir sonucu doğururdu...

Müslüman, Musevi, Hıristiyan karması kuruldaki hizipleşme Münevver hocayı aslına dönmeye zorluyordu...

"Allah katında din İslâm'dır" hükmü beynindeki kıvrımlara nakış nakış işlenmişti:

* * *

Ferhat'ı merak ediyordu. Kurul toplantısından hemen sonra arayıp buldu... Yüzlerce çocuğun arasında güneş gibi parlayan nurlu çocuğa, ana sevgisi ile baktı. Saçlarını okşayıp:

— Altın neslin açılmaya namzet goncası diye söylendi...

Münasip bir lisanla alınan kararı bildirdi... Ferhat üzülmüştü, söz verdi:

— Peki, karara uyacağım hocam. Hademe Rıza amca kaldığı odada yer gösterdi. Bundan sonra namazlarımı orada kılacağım. Hem biliyor musunuz, Rıza amca da ibadete başladı.

Münevver Hanım mahçup bir eda ile; mırıldandı:

— Bana da yer ayırın dedi. Belki gaflet içinde eriyen yıllarımın gayesizce geçen ömrümün, affını ister, telâfi ederim.

Ferhat, kafasını önüne eğip:

— Arayan bulur dedi... Mevla'yı da...

Seneler mücadele dolu günlerle tükeniyordu. Şimdi sınıfları ayrılmıştı. Kolejin lise bölümünde Kemal ikinci, Ferhat son sınıfta talebeydiler.

Seneler, deyip de geçtik, dile kolay... Bunların içinde öyle günler oldu ki insanlık tarihine kara bir damga vurup dimağlarda mühürlendi...

Kemal'in, Ferhat'a düşmanlığı devam ediyordu. Yüzüne şeytanî tebessümler gönderip arkasından onu hor görenlerle birlik oldu...

Tatil günleri Bahar'ın bulundugu adrese gidip onu seyretti, ezberledi. Pas tutan vicdanı iki kardeşin alevden hasretini dindirmek şurda dursun kendisini Ferhat yerine koyup, aldatacağı günü iple çekti. Ferhat tatil günleri Bahar'ı aradı. Bulamıyordu... Ümitler azaldıkça hasreti büyüdü... Yalnız kaldıkça "Of" çekip ismini sayıkladı... Baba,anne yadigârı kardeşinden ayrılışı, izini kaybedişi, onu kahrediyordu... Bıkmadan sordu, aradı... Her teşebbüsün sonu hüsran oluyordu...

Ferhat, bu arada ömrünce unutamıyacağı utanç verici bir olayı daha gerilerde bırakıyordu:

Günlerden pazardı. Ferhat, bir grup Hristiyan öğrenciyi görünce durup dalgın dalgın seyretti... Her vakit bunlar tarafından öğretmenlere şikâyet ediliyordu. Nedense bugün içinden, onları takip etmek geldi... Yolları büyük kiliseye bağlanınca, Ferhat önlerine dikilip yol vermez oldu:

Soruyordu:

— Nereye gidiyorsunuz?

Mülevves bir talebe, öfke ile cevap verdi:

— Kiliseye.

Ferhat yakasından asılıp şiddetle sarstı:

— Ben sizin neden kiliseye gittiğinize karışıyor muyum? Söyle bana, siz serbestçe dininizin icaplarını yapıp kurallarını anlatırken, niçin bizim unutmamızı istiyorsunuz...?

Öylesine öfkelenmişti ki Hristiyan nesepli çocuklar mücadeleyi göze almaktan sarfınazar etti. .

Müslüman bir milletin içinde Müslüman olmayan her güruhun her türlü ibadeti serbestken, Müslüman Ferhat'ın dindarlığı horlanıyordu...

Silkelediği yakayı bırakıp lânetlercesine itti. Onları uzaktan seyredenlerin arasında Kemal de vardı... Şeytanî şeytanî bakıp yürüdü...

Yalanlar, duygusuz ve körleşmiş vicdanları bir kere daha karalıyordu... Ferhat şikâyet edildi. Bu kez şikâyetleri, nöbetçi olan Hristiyan dinine mensup bir öğretmen dinliyordu...

— Bizi kiliseye sokmadı.

— Siz vatansızsınız, dedi.

— Beni tokatladı. İşte, Kemal de şahit...

Öğretmen Kemal'e dönüp sordu:

— Olanlar doğru mu?

Kekeledi, geveledi. Kısık bir sesle:

— Doğru, dedi. Tokatladı... Bu çocukları kiliseye sokmadı.

Sanki bütün dünya Ferhat'ın omuzları üzerine çöküp kalmıştı... Kemal'e mânidar mânidar baktı... Bu bakışta, bütün lügatların kelimeleri sıralanmış cümleleşmişti...

Münevver hoca bu defa Ferhat'ı ihtar almaktan kurtaramıyor, yalanlar sinsizce başka bir zaferi kazanıyordu. Ne var ki bu hadise Kemal'in beklediği sonucu vermedi. İbrahim Bey Ferhat'a kızmamıştı...

Hatta okul idaresine karşı durup Ferhat'la uğraşmamalarını ihtar etmişti...

Zengin adamdı. Okulda hatırı sayılır, sözü dinlenirdi.

Yılları gayesizce geçip gitmişti... Ömrünü zevk ve eğlenceye adamış, gerçeklerin üzerini küllendirmişti... Bütün bunlara rağmen, Ferhat'ın bu türlü hareketlerini beğeniyor, hoşgörü ile karşılıyabiliyordu...

Bu his, bu hoşgörü, belki de bir erkek çocuğunun olmayışından ileri gelmekteydi... Ferhat'ı seviyordu... En az biricik kızı "Esma" kadar.

Kurulun aldığı karar onu çileden çıkarmışa benziyordu:

— Ferhat böyle bir cezaya muhatap olacak hata yapmaz, diye bağırdı.

Ona inanıyordu ve seviyordu. Kemal bu sevginin kalesini yıkmayı başaramayınca bu sefer kendisi İbrahim Bey'in gözünden biraz daha düştü.

* * *

Seneler işte böyle akıp geçti.

Her gün bir öncekinden biraz daha karanlık, yarınlar gerçeklere kazılan kanlı birer mezardan farksız olacaktı...

Ferhat, asrı böyle düşünüyor, insanlığı öz benliğinin celladı olarak suçluyordu...

İçindeki ıstırap, an gelir dudaklarından işkence yumağı gibi sökülürdü... Yine birisiyle konuşuyormuş gibi mırıldandı:

— Yirminci asrın gayesiz insanı. Allah'a karşı itaatkâr olmayı başarabildiğin an hem dünyayı anlayacak hem âhireti kurtarmış olacaksın.

Yıllar, hattâ bataklığa saplanmış cemiyet ondan hiçbir şey eksiltememiş, çalamamıştı. Daha ondokuzunda, günahların en çok musallat olduğu çağda bulunmasına rağmen his ve latifelerini, bilhassa muhabbetini fâni güzellik sahiplerinde sarfetmeyip onlardan akseden bâki mânalarda bâkileştirmek cehdindeydi.

Ona düşmanlık etmek isteyenler dahi, çoğu kez fiziğine, şahsiyetine, yüksek duygularına mağlup olmuşlardı... Çölde aranan su, bataklıkta açan gül gibiydi...

Yarın tatildi... Daha akşamın erken vaktinde, aklına kardeşi düşmüştü... Sabah kalktığında onu aramak için hazırlandı.

Kemal de hazırlanmıştı... Bir müddet ona göz ucuyla acıyarak baktı... Ona kızmıyordu, kurtarmak istiyordu... Yatakhaneye cebinde konyakla gelenlerden, sapık ideolojileri aşılayanların pençesinden, topyekün illetlerden kurtarmak istiyordu...

Kendisine asık suratla bakan arkadaşına yaklaşıp sordu :

— Benimle şöyle bir dolaşmaya gelir misin?

Cevap hazırdı. Daha düşünmeden itirazını yapıştırdı :

— Yo, hayır. Görülecek başka işlerim var.

— Belki birlikte görebiliriz.

— Olmaz, arkadaşlarıma söz verdim.

Arkadaşlarım dediği, Ferhat'ın can düşmanı, gayrimüslim talebelerdi. Üstelik, akşam birlikte konuşup anlaşmışlar, Ferhat'a yeni bir oyun, alçakça bir tuzak hazırlamışlardı...

Gündüzlü okuyan bir kız öğrencinin Ferhat'a karşı olan hissiyatını açığa vurmasını sağlayacaklardı. Ferhat'la alay edecekler, inançları yüzünden kızdan sakınışını onun karşısında nasıl terler dökeceğini seyredip güleceklerdi...

* * *

Ferhat, Kemal'den "hayır" cevabını alınca, yolları dalgın adımlarla arşınladı...

Evet, Ceyda adlı bir kız, Ferhat'a deli gibi âşıktı. Daha doğrusu, asrın bir tip tedavisiz hastalığına tutulmuştu... Ferhat'ı seviyordu. Ona tek yönlü bir sevda ile bağlanmıştı... Sınıfta, hatta okuldaki bütün talebeler bu tipik aşkın farkındaydılar...

Ya Ferhat... Ne zaman ısrarlı bir bakışa hedef olsa... Utanır, sıkılır, kafasını önüne yıkıp orayı çabucak, terk eder, kaçardı...

Ceyda'nın gönül verdiği, vefasız insanın, sevgisi içinde yara, gönlünün başında hüsran çiçekleri bitirince, kinle dolmuştu... Vaziyeti tam müsait görenler, Ceyda'nın intikam arzularına:

— Biz de seninleyiz, deyip arkadaşlık kalesini güçlü göstermeyi ihmal etmediler... Ferhat'a düşman gurup Ceyda'yı da arasına almakta gecikmemişti... Zavallı kız, bilmediği gayelere âlet olduğunun farkına varamadan fırtınalı denizlere yelken açtı...

Hayatı, aşk ve mâcera bilen güzel kız, Ferhat'ın arkasından, arzı endam ederek yürüdü... Geriden gelen gruba mânâlı mânâlı göz kırptı, tebessüm gönderdi... Ferhat'tan habersiz başlayan oyunun nasıl sonuç vereceği hesaplanmamıştı... Kemal, daha birkaç dakika önce kederlerine ortak olmak isteyen insanın güç duruma düşmesini sabırsızlıkla bekliyordu...

Gayri ciddî, bir ses, Ferhat'ı hayaller dünyasından ayırmıştı...

— Ferhaaat.

Sesin sahibinden yana dönüp teessür dolu bir yüzle baktı...

— Ceydaaa, diye hayret etti... Ne işin var senin buralarda...

— Artık sabrım tükendi Ferhat. Sana sevdalı olduğumu bütün dünyaya haykırmak istiyorum... Yollardan geçenler, yaşayıp gezenler duysun. Bugün aşkımı herkese ilân ediyorum...

Duyduğu bu sözler Ferhat'ın bütün hissiyatını sarsmıştı... Beyin kabı, utanç denilen zelzelenin sarsıntısına kapılmış, haya duvarları yıkılmış bir genç kıza hüsranla bakıyordu...

Yüksek basınçlı kan tepesinde dibek döverken:

— Allah'tan kork, dedi. Sokak ortasında düpedüz hayasizlık ediyorsun. Dilerim Mevlâ seni ıslah eylesin... Çabuk, uzaklaş buradan...

Ceyda ise ayrılmak şoyle dursun, o edeb âbidesi insanın burnunun dibine kadar sokulup kolundan sıkı sıkı sarılmıştı...

— Reddedersen, iftira ederim. Şahitlerim bile var... Avazım çıktığı kadar bağırıp âlemi başına toplar, seni rezil ederim.

Fitnenin en alçağına dûçar olmuştu... Kolundan kıskaç gibi sarılan elleri lânetleyerek iterken:

— En büyük silahınız iftira, diye öfkelendi... İslâmiyet'e karşı hazırlanmış âdi, şerefsiz bir silah...

Damarlarındaki kan, devrini artırırken vücudu alevler içinde yanıyordu... Gözlerini birkaç kere kırpıp açtı... Vücudu önüne doğru yatmış, elleri dizlerine kadar sarkmıştı... Vaziyetini gören, dinmeyen bir sancının zulmüne uğradığını sanırdı. İşte öylesine bir ıstırapla doluydu...

— Git diye yalvardı... Edebinle çekilip git buradan... Aksi halde o utanmaz yüzlerinde parmaklarımın izleri kalır...

— İyi yâ, hatıra diye saklarım...

— Ceyda, Allah aşkına çekil buradan.

Arkasına bakıp durakaldı... Sinirleri daha da gerginleşmiş, öfkesi geçilmez olmuştu... Asrın laçkalaşmış nesli, ağlanacak manzara için katıla katıla gülüyor, kahkaha savuruyordu... Sırıtkan yüzlere iğrenerek baktı...

Ceyda'ya dönüp acı acı haykırdı:

— Git buradan...

Ceyda, hâlâ sırnaşıp duruyordu:

— Ama Ferhatcığım, seviyorum seni, diye yılıştı...

Elleri, nefesi, bütün vücudu titremeye başlamıştı. Tırnağının ucundan saçının tellerine kadar sarsılmıştı... İç dünyası kan ağlarken, birdenbire aklına Mehmed Akif'in asra ithâfen yazdığı mısraları geldi... Kendisine gerilerden bakıp gülenlere, önünde çirkinleşen güzel bir yüze bakarak alevli dudaklarının arasından aynı mısralar cılız bir sesle sıralanıp çıktı:

— Haya sıyrılmış inmiş öyle yüzsüzlük ki her yerde
Ne çirkin yüzleri örtermiş meğer, o incecik perde.
Ne tüyler ürpertiyor Yarab, ne korkunç ihtilal
olmuş.
İnsanların ruhunda, insanların kafasında...

Ferhat işte bu ihtilal için ağlıyordu... Onunla alay eden güruhun kahkahaları yükselirken etraftan geçenlerin umursamaz bakışları bile ıstıraba yeterdi...

Ferhat'ın sabır taşı çoktan çatlamıştı... Kolundan akrep kıskacı gibi sarılan elleri yerinden söküp atarken şiddetli bir tokat, Ceyda'nın suratında kızıl kızıl izler bıraktı...

— Sürtük, diye öfkelendi...

Ceyda sendeledi, ayakta kalabilme mücadelesi verirken ıslak gözlerle Ferhat'a baktı...

Elleri, alev alev yanan yüzüne kapak olmuştu... Yaşaran gözleri kamaştı, karardı... Kısık bir hıçkırıkla ağlamaya koyuldu...

— Yobaz, diye isyan etti...

O utancından ağlayan, Allah korkusundan nefsini dizginleyen insan, acı acı güldü... Arını, haysiyetini ve iffetini sokakların ortasında sergileyen genç kıza bakıyordu... Cinnet getiren asrın medenî cellatları, haramlardan sakınıp, hayasızlıklardan kaçmak isteyen insanları...

— Yobaz, diye sesleniyordu...

Kendi ismini başkalarına verip bulundukları noktayı gizlediklerini zanneden gafiller... Şerrin tarifini hayır, doğru olan her şeyi batıl olarak, asrın insanına şırınga etmekten utanç duymuyorlardı.

Bataklıkta açan gülleri kıskanıp dalından koparan hâin eller, acze düşmüş zihniyetin müdâfileri güzel ahlâk sahiplerinden ürküyorlardı...

Çıplaklığı, müslüman kızlarına moda diye yutturanların, namusu sokaklara döküp ahlâksız bir nesil yetiştirmeyi başaranların gözbebeklerinde zafer pırıltıları vardı. Kiliselerin, Havraların beşyüz metrelik civarına meyhane, kumarhane açmayı men edenler, mâbetlerimizin baş ucuna fuhuş evleri açtıracak kadar, bizi gaflet uykusuna salmışlardı...

Arkadaki seyirci güruhun içinde çıkan beklenmedik kaynaşma, yine beklenmedik bir anda yatışıyordu. İçlerinden bir tanesi, iblisname kitabından ezberlediği fitneyi kusuyordu :

— Durun, dedi. Sebepsiz yere çekişmeyi bırakın... Ceyda'yı alıp okula gidelim... Sokak ortasında sarkıntılık etti. Ceyda yüz vermeyince de tokatladı... Hepimiz aynı şekilde konuşursak, bu defa kurtaramaz...

Bütün milletlerin, cemiyetlerin güzel ahlâkları işte böyle yıkılmıştı.. Hâdiselerin ters yüzünü göstererek...

Ceyda fitne sürüsüne, boğucu hıçkırıklarla baktı... Ferhat yolların üzerinde sürüklenircesine yürürken, üzerinde ısrar eden gözlerden bir an evvel kaçmak istiyordu...

Sanki beyni bir avuç et yığınından farksızdı... Sinirleri gergin gönlü yaralanmıştı...

Seyirciler, Ceyda'nın etrafını sarıncaya kadar, Ferhat arayı bir hayli açmayı başardı...

O, et yığını hâline gelen beyin, bir çocuğun acı feryadı ile uyanır gibi oldu... Gözlerindeki sisli görüntüyü atarken ses istikametine baktı... Hayretler içinde kalmıştı... Sarhoş bir adam, dokuz - on yaşlarındaki çocuğu insafsızca dövüyordu...

Ölçüsüz tekmeler, tokatlar suratına indikçe, figânı arşıâlaya merdiven kuruyordu...

Önünde kan ve çamur lekelerinden bir vahşet manzarası çizilmişti... İnsanlar yine seyirci, yine nemelazımcılık düsturunun vazgeçilmez örnekleriydi...

Uzaklardan seyreden halka, tertipci gurup yaklaşınca, kalabalık artmıştı...

Çocuk, artık bitkin düşmüştü. Azgın adamın tekmelerine daha fazla dayanacak hâli kalmamıştı...

Ferhat, acze uğrayan çocuğu kurtarmak için hazırlanırken duyduğu bir cümle, yaralı gönlüne neşter vurdu... Bozuk zihniyetin hayâsız modeli, yirminci asrın asi insanı kurşundan insafsız, ateşten hararetli bir küfrü, dilinin pervanesine verip haykırdı :

— Ulan, dinini imanını mezhebini...

Bundan ötesini kalem yazmaz, kelimeler o edep ötesi hayâsızlığı cümleleştirmekten utanç duyardı...

Bir nefeste yer ve gök sarsılmış gibi oldu... Ferhat :

— Allah! diye haykırırken kendisini yitirmişçesine savruldu...

O şuursuz adamın yakalarından tutup insafsızca silkeledi...

Sadece:

— Köpek! diye bağırdı...

Herkes bu kadarını işitebilmişti... O dev kadar iri adam kuru ağaç gibi devrilip yerleri öptü...

Tekmeler, yumruklar sefil mahlûkun üzerinde şimşekler çaktırırken yaralı çocuk, sızılı bir hareketle debelenip yerinden güçlükle doğrulabildi...

Bütün bakışlar, birer hayret yuvası hâline gelmişti... Ferhat göğsüne inmekte olan bıçaklı eli kıvırıp şiddetle geriye bükerken, sarhoş adamın boğrüne saplanıp kaldı. Haylaz adam, yeniden yerleri kavrıyordu...

Ferhat, bıçağı adamın saplanıp bedeninden çektiği gibi köşeye fırlatıp attı... Ağlayan çocuğa bakıyordu... Nefesini genişletmeden sordu:

— Kim bu adam?

— Dayım.

— Neden dövüyordu seni?

— Annem hasta, doktor ona iyi bakın, dedi. Kasabın vitrinindeki ete bakıp ağlarken kasap beni kovdu. Başka birisi acıyıp para verdi. Et alacaktım. Beni dilenci yapan bu adam elimdeki paralarla rakı almak isteyince vermedim. O da beni dövdü.

— Ne iş yapar?

— Sarhoş. Beni dilendirir. Kötü şeyler öğütler. Hatta hırsızlığa bile yollar. Gitmeyince de hâlim gördüğün gibi...

Çocuğun önünde çömeldi, yüzündeki kan lekelerini silmeye çalışıyordu. Omuzundan asılan bir el sallayıp ırgalarken:

— Ayağa kalk, dedi.

Çocuk korkmuştu. Polise ürpererek bakıp göğüs geçirdi. Ferhat soğukkanlılık içinde doğrulup bekledi.

Bileklerine kelepçeler uzanırken başka bir memurun namlusu üzerine çevrilmişti:

— Seni kanun namına tevkif ediyorum.

— Niçin?

Yerden güçlükle doğrulan adamı işaretledi.

Hareketlerine bakılırsa yarası oldukça hafifti...

Polislerin kelepçe vurduğu Ferhat'a biraz önceki küfürleri savurarak hücum etti. Ferhat bu defa hareketsiz bırakılmıştı... Vazifeli memur sabredemeyip yaralının yüzüne tükürdü:

— Utanmaz herif. Cemiyetin başına bela olduğun yetmezmiş gibi, bir de milletin dinine söversin. Götürün şunu...

Memur, komiserine üzülerek bakıp:

— Yaralı, diye cevapladı.

— Mikrop, mikroba zarar getirmez. Götürün dedim.

Kemal sevinçliydi. Fitne yeniden alevlendi. Tertipçi gurubun içinden arzulu bir ses:

— Ceyda, diye seslendi. İşte tam sırası, az önce de seni tokatladı. Şahitiz. Sen de şikâyetçi ol...

Uykudan uyanmış gibiydi. Sersemliğini kısmen erteleyip komisere sokuldu.

— Tutukladığınız adamdan ben de şikâyetçiyim.

Komiser şaştı:

— Niçin?

— Daha biraz önce sokakların ortasında beni insafsızca tokatladı, sarkıntılık etti. Bütün arkadaşlarım şahittir.

Ferhat'ın kanı damarlarının içinde kurumuş gibiydi:

Polis:

— Siz de karakola buyurun, dedi.

Gidiyordu... Âlem, bilekleri kelepçeli insanı, nefret dolu duygularla uğurlarken Ferhat iskeletinin içinde erimişti. Derin bir:

— Of, çekti...

İnsanlara, insancıklara, topyekün dünyaya sitem dolu pırıltılar gönderirken kanayan gönlünün feryadını kirpiklerinin arasından boşaltmaya çalıştı... İçindeki bütün acıları debreştiren, söken bir:

— Of, daha çekti.

Titreşen dudakları, sönük bir sesle fısıldıyor gibiydi... Dalmıştı. Dünya ile bütün alışverişini kesmişçesine... Asrın insanına sitem ediyordu. Doluktu, hissiyatını fısıltı halinde dökmeye çalıştı:

— Günahlarıma of, suçlarıma of, yıkılmış fitne dolu kalbimi idrak edemeyişime of, perişan olmuş hissiyatımı anlayamayışıma of...

Ürpermeyen kalbi, insanın taşıması, içinde azap, sırtında bir yüktür. Taştan daha katı gönüllere of... Günde beş defa Mevla'ya âsi olan zâlimlere of... Kadir-i Mutlak'a isyan eden âcizlere, kendisini tanımayan insanlığa of...

Koluma takılan kelepçelere, dilime vurulan mühürlere of... İsteyen benim gibi of çeksin, isteyen her vahşetin karşısında nemelâzım, deyip geçsin. Ben kendisini medenî bilen âciz insanlığın nâmına "of" çekiyorum.

Istırap bir noktaya geldiği an, gözlerdeki yaşları da kuruturdu. Ferhat'ın didesindeki hararet, o nurdan pırıltıları.inci inci dizilen göz yaşlarını bile kurutmuştu. Komiser mazbatasında yaralının, Ferhat'a hitâben cümleleştirdiği küfrü aynen kayda geçmişti...

Ceyda'ya sorulduğunda:

— Sataştı, dedi. Yüz vermeyince de tokatladı.

Bekir'in yarası hafifti. Kısa bir vakitte sarılmış, nöbetçi mahkemesine getirilmişti. Ferhat, mahkûm edilirse tahsil hayatı tükenmiş olacaktı... Hâkim önce şikâyetçi durumunda olanları dinledi...

Hâdise Ceyda ile başlıyordu:

— Anlatınız, dedi...

Ceyda yutkundu. Etrafına bakındı. Beceremiyordu.

— Heyecanlıyım, dedi. Biraz müsâde verin, konuşacak hâlde değilim.

Belki de vicdanına danışmak için fırsat istiyordu. Hâkim, Bekir Kelle'ye dönüp sordu:

— Sen anlat bakalım hâdise nasıl oldu?

Kekeledi, gözleriyle etrafı iyice araştırıp tutarsızlık içinde konuşmaya başladı:

— Yeğenim Hakan yaramazlık etmişti. Bir daha yapmaması için kulaklarını çekiyordum. Beklemediğim anda, ağır bir darbe yiyip yere düştüm. Bir adam kudurmuş gibi üzerime atlamıştı... Önce tekme tokat, sonra bir bıçak acısıyla kıvrandım.

— Bıçak sanığın mıydı?

— Evet, evet üzerinden çıkardı. İşte arkada duranların hepsi de şahit.

Hâkim:

— Otur, dedi.

Şimdi Ferhat'a sesleniyordu:

— Sen, dedi, Ferhat Tunalı. Bekir Kelle'nin anlattığı gibi üzerine saldırıp yaraladın mı?

Hassas bir ses mahkeme salonunun içinde sitem sitem dalgalandı...

— Biz kimseye saldırmadık hakim bey. Âlem bize saldırdı. İman evimizde ne var, can evimizde ne var, yağma ettiler... Topyekün bir nesli Allah'a karşı saygısız; Resûlüllah'a karşı muhabbetsiz hâle getirdiler... Ben ne anlatayım hâkim bey?

Pâyidar olmuş bir gönlüm vardır, gönüllerin mahbubunun sevilmediği yirminci asırda. Yıkık bir hissiyatım vardır, Resûlullah'ın kalblerde yerini alamadığı yirminci asırda... Gönüllerde Mevlâ'nın yerine maddenin, hakkın yerine küfrün, ahlâkın yerine edepsizliğin kâim olduğu yirminci asırda... Bu adam Hakan dediğ: çocuğun şahsında bütün müslümanların dinine küfretti. Göğsünde kalp taşıyan bir insanın böylesine vahşet karşısında teessür duymaması imkânsızdır. Önce, çocuğun hayatını kurtarmak için harekete geçtim. Sonra, dinine küfredince beynim sarsıldı.

Yarın Huzur-u Mahşerde Mevlâ'dan utanırım diye bu hayasıza hücum ettim. Bıçak şahsıma çevrilmişti, bileği bükülünce kendisine saplandı. İsterseniz tanımadığım o çocuğa sorunuz.

Hâkim :

— Din, diye sayıkladı Ferhat'a bakıp. Dine küfrün mevcut kanunlarımızda cezaî müeyyidesi yoktur...

Ferhat, işkence kazanında kaynatılıyor gibiydi. Acı acı gülümserken yaralı sinesi insafsızca kanıyordu :

— Bir şahsa küfrün, kanunlarda yeri var da âlemin inançlarına şuursuzca yapılan tecavüzlerin demek ceza kanunlarında yeri yok. O zaman, ben işin başından sonuna kadar haksızım hâkim bey... Gereken cezayı verirken vicdanınız müsterih olsun...

Ceyda ağlıyordu :

— Ben şikâyetçi değilim, diye bağırdı. Bu fazilet timsali insana şâhit olarak gelenlerle birlikte iftira ettim. Ancak, tokat attığı doğru. Arzularıma alet olmadığı için yalan söyledim. Ben ona sataşmıştım.

Hâkim, şaşkınlık içerisinde çırpınıyordu. Olayın müsebbibi gözüken çocuğa bakıp sordu :

— Bu adam senin neyin olur?

— Dayım.

— Seni niçin dövdü?

— Annem hasta. Ona kasaptan et istedim. Kasap beni kovdu. Dışarıda ağlarken hayırsever bir insan elime para uzattı. İçki parası yokmuş. Arkamdan sokulup elimdeki paraları almak istedi. Vermeyince de dövdü. O ağabey olmasaydı öldürecekti. Üstelik o bıçak da dayımındır. Hem siz onu tanımıyorsunuz. Canı istediği zaman birisine sataşır, dayak yer... Ya da bir arabanın önüne ustalıklı bir şekilde fırlayıp kaza süsü verir. Sonra da rüşvet alıp şikâyetinden vazgeçer. Bunları da bize övünerek anlatır. Bütün geçimi bu yüzdendir. Belki yine böyle bir şey düşünerek bıçağı kendisine saplamıştır. O ağabey suçsuz, amca. Âlem tekmeler altında can verişimi seyrederken o beni kurtardı. Onun hiç bir suçu yok.

Hâkim :

— Para için dayak yemek, diye mırıldandı. Meğer duymadığımız çok meslekler varmış.

Ceyda'nın şikâyeti düştü. Ancak ortada yaralama hadisesinin oluşu, adamın ifadesinden dönmeyişi Ferhat'ın tutukluluğunun kalkmamasına sebep teşkil ediyordu.

Kemal ve birlik olduğu gurup Ceyda'ya alevden pırıltılar gönderirken Ceyda'nın gözbebeklerinde teessür izleri vardı...

Ferhat Tunalı ve Bekir Kelle, ikisi birden nezarete gönderilmişti. Okul idaresi haberi akşamın geç vakitlerinde alıyordu. Ferhat'ın mahvını hazırlamak isteyenler, şimdi sevinçliydi.

Gecenin sabaha bağlanışı, zor olmuştu... Kolejin müdürü sabahın erken saatlerinde telefona sarıldı. İbrahim Bey'i arıyordu... Oldukça telaşlı ve ürkekti. Ahize sinyalini verir vermez, heyecanının derecesi artmıştı...

— Aloo, İbrahim Çınar Bey'in evi mi?..

Karşı telefondan kadın sesi duyuluyordu:

— Evet efendim. Kim görüşmek istiyor?

— Kolej müdürü, dersiniz.

— Henüz kalkmadı. Ben eşiyim.

— Size de haber versek olur efendim. Oğlunuz Ferhat tutuklandı. Şu anda nezarette.

Tepesinde, deli bir fırtına esip Kübra Hanım'ı sersemleştirdi. Başı döndü, gözleri karardı. Elinde ahize olduğu halde güçlükle ayakta durmaya çalıştı.

— Bir yanlışlık olmasın? Bizim Ferhat diye bir oğlumuz yok.

Müdürün yaltaklanan sesi, biraz daha düşmüştü:

— İbrahim Bey'le görüşsek, iyi olacak, sanırım.

Evin 16 yaşlarındaki kızı, annesine bakıp telaşa düştü... İbrahim Bey ise kravatını düzelterek kendilerine yaklaşıyordu. Durakladı, şaşkın şaşkın baktı... Çabuk bir hareketle yere eğilip Kübra Hanım'ın elinden düşen ahizeyle birlikte doğruldu. Karşı taraf kapatmadan seslendi:

— Alo...

— İbrahim Bey siz misiniz?

— Evet. Buyurun...

— Ben, kolej müdürü Sezai Türkdoğan... Ferhat dün ufak bir yaralama sonucu tutuklanmış. Haberdar olmanızı istedik.

— Teşekkür ederim, hemen geliyorum.

Eşi Kübra Hanım'a baktı. Sanki her şeyden haberdarmış gibi, onu teskin etmeye çalıştı:

— Ufak bir yaralamaymış. Üzülmeye gerek yok...

Evden, işe böyle ayrılmıştı. Aynı sözleri yollar dönülmeyecek kadar uzaklaşınca hatırlayıp kendi kendine tekrarladı:

— Ufak bir yaralamaymış. Üzülmeye gerek yok... Hatasını daha yeni farketmişti... Kübra Hanım ve Esma, Ferhat'la Kemal'in varlıklarından haberdar değillerdi.

— Oldu bir kere deyip yoluna devam etti.

İbrahim Bey önemsemedi ama, ev çoktan karışmıştı... Kübra Hanım, kendisini biraz daha iyi hissedince, Esma'nın yardımıyla ayağa doğruldu. Bir yandan göz yaşlarını kurularken, hıçkırıkların arkası gelmek bilmiyordu... Esma, omuzlarına dökülen kumral saçlarını geriye atıp:

— Anne! diye şaşkınlığını yenmek istedi. Ne oldu böyle birden bire yaralanan kim?

— Onu bilmiyorum.

— Ya yaralayan?

Oylum oylum yükselen hıçkırıkların arasından zor seçilen bir ses duyuldu:

— Babanın oğlu.

Annesinin suratına bön bön baktı:

— O da kim?

— Orasını babana sor. Yirmi yıllık yuvayı acımadan yıkan, ikimizi de aldatan babana...

— Anne neler sayıklıyorsun?

— Duymadın mı? Kolejde okuyan oğlu varmış. Birisini yaralamış. Onu kurtarmaya gitti...

Esma elini alnına destek yapıp:

— Babamın oğlu, diye mırıldandı. Babamın oğlu... Sen bize acı Allah'ım.

* * *

İbrahim Bey eve sevinçli dönüyordu. Ferhat'ı bir gün sonra kefaleten serbest bırakacaklardı... Evin kapısını nefes nefese açıp içeri daldı...

Esma koltuğun üzerinde küskün küskün oturuyordu. Babasının gelişine aldırış bile etmedi... İbrahim Bey, bu gayr i tabiî davranışa mâna verememişti. Kızına sordu :

— Annen nerede?

Cevap yoktu!.. Kızdı:

— Sana sordum Esma. Annen nerede?

Cevap sitem doluydu.

— Annem fazlalık olduğunu anlayınca gitti... Ben de evlatlık hakkımı kolejdeki oğlunuza terk ettiğimi bildirmek için dönüşünüzü bekledim.

Tek kelimeyle zihni alt üst olmuştu :

— Kolejdeki oğluma mı? diye sayıkladı.

— Evet sevgili babacığım benim, kolejdeki oğlunuza... Merak ettim doğrusu. Nasıl bir çocukmuş görmek isterdim...

Baba şaşkındı :

— Ferhat benim oğlum değil ki, diye cevapladı.

— Oğlun değil mi?

— Hayır.

— Öyle ise niçin seni aradılar, kim bu çocuk?

— Oğlum kadar sevdiğim birisi. Senelerce evveldi... Sokak fenerlerinin altında ders çalışırken karşılaşmıştım. Ona yardım elimi uzattım.

— Doğru söyle baba, bizi kandırmıyorsun ya?

— Şimdi de babanı yalancılıkla mı suçluyorsun?

— Bir türlü inanamıyorum. Şayet dedikleriniz doğru ise, niçin bizim haberimiz olmadı? Bunun ne gibi bir mahzuru vardı?

— Öyle uygun görmüştüm. Bu şekilde bir hadiseyle ortaya çıkmamış olsaydı hiçbir zaman da öğrenemeyecektiniz. Hem, sadece Ferhat değil... Aynı okulda okuyan bir de Kemal var. Daha da inanmıyorsan

Ferhat şu anda nezarette. Gidip her şeyi öğrenebilirsin. O hiç yalan söylemez. Durumdan anneni de haberdar et. Yok yere yuvamızın saadeti bozulmuş olmasın.

Esma sadece inanmış görünüyordu. İçindeki şüpheyi yenememiş olmasına rağmen annesine gitti...
Dedesi, onu üzgün olarak karşılamıştı. Durup dinlenip :
— İbrahim ha? diye hayretini büyütüyordu...
Kübra Hanım yorgun düşmüştü. Esma annesinin dizleri dibine oturup, diller döktü...

Henüz kendisinin bile inanamadığı meseleyi başkasına kabul ettirmek güçtü... Esma annesini ikna edemedi. Her şey bir tarafa, içinde büyüyen merak, bünyesini rahatsız etmeye başlamıştı. Ferhat onun gözlerinde, değişik bir sima olmuştu. Fiziğini, durumunu, huyunu, şahsiyetini, her şeyini merak ediyordu. Kardeşi de olsa, babasının okuttuğu talebe de olsa onu görecekti.

Aile düzeninin sarsıntıya uğramasına sebebiyet vermişti... Eskiye dönebilmek için ona ihtiyaç vardı. Aynı halet-i ruhiye içerisinde annesinden ayrıldı.

Babasının bahsettiği nezarete gidiyordu... Ferhat Tunalı diye isim yazdırıp bekledi..Asabı bozuk, heyecanı yüksekti. Rüzgârın önünden kaçışân beyaz bir alev gibi, uçuşurken, sırtını duvara verip gizlenmeye çalıştı. Bütün dikkati ile tel örgülere yaklaşan delikanlıya bakıyordu. Ferhat, boşlukta yitik arar gibi etrafa baktı... Soluk yüzlü, çekingen tavırlı kız kendisini utanarak seyrediyordu. Bahar'ı hatırlayıp ilgisini arttırdı :
— Ben Ferhat Tunalı, diye seslendi. Sanırım siz aradınız?..

Kekeledi, yanakları benek benek kızardı... Aynı dalgınlıkla birlikte seyrini sürdürüyordu... Ferhat sabırsızca :

— Beni görmek isteyen hanım siz misiniz diye sorusunu tekrarladı.

— Şey... Evet ben görmek istemiştim. Toparlandı kendisine çekidüzen verdi.

— İbrahim Çınar Bey neyiniz olur?

Sadece bunu öğrenmek için buraya geldim.

— Velinimet bildiğim bir insan. Bana babalık vazifesini yaptı.

— Yani İbrahim Bey babanız değil mi?

— Hayır. Babam kadar bana yakın olan birisi...

Durakladı. İçinde büyüyen merak karşılıklı soruları geliştirdi.

— Bunları neden soruyorsunuz?

— Ben kızıyım. Adım, Esma.

Hayret içinde kalmıştı :

— Demek İbrahim bey babanız?

— Evet, babam.

— Çok memnun oldum. Yalnız ziyaretinizdeki sebep beni şaşırttı. Üzgün bir hâliniz var.

— Babamın başı dertte...

Yüksek potansiyelli bir hararet vücudunu dağlayarak geçti :

— Anlatsana...

— Annem evi terk edip dedemlere gitti.

— Sebep?

— Sizi, babamın oğlu biliyor. Bu hadise başka bir kadınla evli olduğu sonucunu çıkardı...

Üzüntüsünden neye uğradığını ölçmek, kelimelerle anlatabilmek, kabil değil.

— Benim nüfus cüzdanımda annemin ve babamın adları yazılı. Sanırım hatayı düzeltecek en büyük delil odur... Anneniz kabul buyururlarsa yarın çıkar çıkmaz her şeyi anlatıp üzdüğüm için affettirmeye çalışırım.

Esma sevinmişti...

— En doğrusu, diye mırıldanıp tasdik etti. Yarın babamı da alır birlikte geliriz...

Esma üzüntülerini gerilerde bırakırken içine düştüğü sevinç rüzgâriyle uçuyor gibiydi:

— Sizi daha fazla tutmayım, dedi. Yarın görüşmek üzere, Allahaısmarladık.

— Güle güle...

İçinde gelişip büyüyen duygular, o demir parmaklı kapının dibinden ayırmak istemiyordu onu. Daha onaltısında bulunan körpenin kafsında deli dolu bir rüzgâr esmeğe başladı. Ayakları yürürken, kafası Ferhat'ı düşünüyordu.

Ferhat'ın sempatik yüzü mükemmel fiziği dünyasına garip bir yenilik, aklına durgunluk getirmişti...

Oldukça güzel bir kızdı... Daha dalında yaprak yaprak açan bir gül gibiydi. Asrın hissî hastalığı ona da şırınga edilmişti. Yakışıklı bulduğu her erkeğin çarçabuk tesiri altında kalıp onun hayranı olmaya müsait durumda idi. Esma'nın hissiyatında bu deli rüzgâr çok vakitsiz olarak esmeye başlıyordu...

Ferhat'ı beğenmişti... Yalnız içindeki şüphe, duygularını yaralayıp gönlünde buruk acılar meydana getiriyordu... Yoksa Esma'yı aldatıyorlar mıydı? Korkunç bir sır yalanların gölgesinde sükûta kavuşturulmak mı isteniyordu?

— Olmaz olmaz, diye isyan etti...

Az önce, kurmuş olduğu hayaller, yıkık dökük viraneler gibiydi..

— Eğer öyleyse, diye mırıldandı...

Başı döndü, kulakları uğuldamaya başladı...

Güneşin ışıkları, gözlerine dolarken yolun köşesindeki çınar ağacına yaslanıp kaldı:

— Kendisi için hayaller kurduğum çocuk, ya kardeşimse, diye çırpındı.

Gönlünü, hanesini ve vicdanını kara yazılı günler bekleyebilirdi. En doğrusu, yarını beklemek olacaktı. Eve kendisini güçlükle atıp babasına olduğu gibi her şeyi nakletti.

Bu gece dünyasında belki de en uzun gece olacaktı...

Beklenen sabah olmuştu. İbrahim Bey kızı Esma'yı da alıp Ferhat'ın atıldığı nezarete geldi. Kefaletle serbest bırakılmasına müsaade verilmişti. Ferhat dışarıya açılan kapıdan çıkarken oldukça üzgündü. Minnet borçlarına bir yenisi daha ekleniyordu. İbrahim Bey'in ellerine uzanıp öpmek istedi... İbrahim Bey:

— Geçmiş olsun, diyerek alnından öperken Esma onlara hayran hayran baktı.

İkisinin arasında benzerlik arıyordu. En ufak bir emareye rastlayamayışı onu az da olsa rahatlatmışa benziyordu. Kendisini Ferhat'ın kardeşi olmadığına inandırmak için zorladı. Sevinçliydi:

— Geçmiş olsun, temennisinde bulunurken elini tokalaşmak için Ferhat'a uzattı. Ferhat sadece:

— Sağolun, diyerek mukabelede bulununca eli boşta kalmıştı.

— Esma hâlâ mânâsını anlayamadığı hareket için kafasını yoruyordu. Sonra kontrolundan çıkmışcasına eli mekanik hareketlerle aşağıya inerken zihnine üşüşen soruları dağıtmak için laf olsun diye sordu:

— Şimdi söyleyin bakalım suçunuz neydi? Yoksa birisine mi sataştınız?

— Hayır. Mürtedin biri, bir çocuğun şahsında inançlarımıza küfretti.

— Bütün sebep bu mu?

Hayretler içinde kalmıştı:

— Bundan daha büyük sebep olabilir mi?

Esma itiraz etmekten kaçınmıştı:

— Haklısınız, diye kabullendi.

Ferhat'ın gözleri merdivenlerin dibinde perçinlenmişti. Onu hüzünlendiren, kendisini karşıdan seyrederken ağlayan bir çocuk oluyordu:

Hayret yuvasına dönen gözler dalgın dalgın bakarken, kuruyan dudaklar bir ismi heceledi:

— Hakan.

Sonra İbrahim Bey'e ve Esma'ya bakıp:

— Bir dakika, diye müsaade istedi.

Koşarak Hakan'ın yanına geldi. Islak gözlü çocuğa; ismini vererek seslendi:

— Hakan...

Hakan nezarete girmesine sebep teşkil eden çocuktu. O müteessir bakışlı çocuk, gözündeki yaşları silerken, acıyla sevinci aynı kapta yoğuruyordu.

Dolukan bir ses:

— Demek bıraktılar, diye inledi.

— Şimdilik. Neden ağlıyorsun?

— Ben eve vardığımda annem çoktaan...

Hıçkırdı... Yerle göğü sarsarcasına figan etti... Ferhat çocuğun dertlerine ortak olmak istiyordu. Cebinden mendilini çıkartıp Hakan'ın göz yaşlarını sildi:

— Mukadderat, diyordu...

İbrahim Bey ve kızı olayı şaşkın şaşkın seyrederlerken, Ferhat Hakan'a sordu:

— Yanında kalacak kimsen yok mu?

Menfi bir hareketle kafasını salladı:

— Hepsi dayım gibi.

— Sense kurtuluş bekliyorsun...

Önce İbrahim Bey'i düşündü... Bu karışıklıkta ona hiç birşey söyleyemezdi... Başka imkânlar araştırdı. Fakat şimdi bununla uğraşacak vakit değildi. Öteki işi daha mühimdi : Bir fesadı ortadan kaldırarak yıkılmasına sebebiyet verdiği aileyi tekrar kurmalıydı. Ufaklığa fikrini sordu :

— Çok önemli bir işim var. Halledinceye kadar beni burada bekler misin? Meselâ bir - iki saat...

Hakan derin bir nefes çekip ciğerlerinden geri boşaltırken :

— Yeter ki sen gelirim de ağabey, sabaha kadar olsa beklerim.

Hakan'ı tembihledikten sonra, İbrahim Bey'e Esma'nın yanına döndü. Genç kız merakla sordu :

— Kimdi o çocuk?

— Küfredilip, horlanan insan...

— Ne istiyordu?

— Çok şey...

İbrahim Bey :

— Dayısını mı bekliyor? diye sordu.

— Hayır, diyebildi. Başkasını...

ANA

Kapıyı Kübra Hanım açmıştı... Karşısında kocasını ve kızını görünce durakladı. Yabancı bir delikanlının da gerilerden içeriye bakışı, kendisini endişeye düşürmüştü... İbrahim Bey kalıbı içerisinde donuklaşan eşine hitap etti :

— İşte oğlum sandığın çocuk. Belki oğlum olsaydı, ancak onun kadar sevebileceğim, Ferhat... Elini öpmek için geldi.

Alevler içerisinde kalan vücut, az da olsa serinliğe kavuşmuştu.

— Oğlun değil mi?

— Böyle bir oğlum olsun isterdim. Ancak değil. Sadece okumasına yardımcı olmaya çalıştığım, mânevi bir evlat. Aynı şartlarla onu kabul edersen, uzat elini de öpsün.

Yorgun bir hareketle uzanan eli alnına götürürken :

— Siz de benim bir annem sayılırsınız dedi. Şayet içinizdeki şüphe hâlâ devam ediyorsa nüfus cüzdanımı da görebilirsiniz.

Kübra Hanım inanmışa benziyordu :

— Hayır hayır, diye çırpındı. Artık öyle bir şüphem kalmadı...

Artık bu problem çözülmüştü. Ferhat şimdi Hakan'ı düşünüyordu. Mazeret beyan edip müsaade istedi:

— Artık gitmeliyim. Sizleri gerektiğinden ziyade meşgul ettim.

Kübra hanım bu gidişe mani olmak istiyordu:

— Nereye? diye sordu.

— Oldukça âcil bir işim var efendim. Üstelik, okula da dönmeliyim.

Esma ne kal ne de git diyebiliyordu. Ferhat ebeveyn bildiği insanların ellerini öpüp Esma'ya da:

— Allahaısmarladık dedi...

* * *

Ufaklık ayrıldıkları yerde bekliyordu... Ferhat'ı görür görmez kanayan gönlü feraha kavuştu:

— Gelemeyeceksin diye öyle korktum ki...

— Biz ahde vefa gösteren insanlarız.

Hakan'ın elinden tuttu:

— Gidelim, dedi.

— Nereye gidiyoruz?

— Yitirilmedik bir umudum var. O kapıyı çalmaya gidiyoruz.

* * *

Mektebe gelmişlerdi. Müracaata girip isim verdi:

— Münevver hocayı anons eder misiniz?

Talebelerin derste oluşundan, her tarafta sessizlik hakimdi. Çok geçmeden Münevver hoca çıkıp geldi...

— Ferhat, diye şaşırdı... Demek çıktın?

— Kefaleten...

— Geçmiş olsun. Duyunca çok üzüldüm... Hele Kemal'in yalancı şahitlik edişi...

— Önemli değil efendim.

— Çocuk kim?

— İsmi Hakan. Hadiselere sebep olan çocuk bu.

— Niçin getirdin?

— Dünkü hadiseden az sonra annesi ölmüş. Yalnız kalmış.

— Ne olacak şimdi?

— Himmet edecek birisini bekliyor.

Münevver hoca, derin derin düşünürken, bir yandan da Hakan'ı tetkik ediyordu:

— Kimsesi yok mu?

— Allah'tan başka hiç kimsesi...

Anlayışlı bir kadındı. Ferhat'ın ebeveynlik için kendisini seçtiğini çoktan anlamıştı...

— Pekâlâ Ferhat, dedi. Sen şimdi idareye git, geldiğini bildir. Biz Hakan'la tanışır anlaşırız. Bir fidan da biz yetiştirmiş olalım...

Ferhat daha idareden yeni çıkmıştı. Kulakları tırmalayan zilin sesi, teneffüs vaktini bildiriyordu... Ceyda Ferhat'ı karşısında bulunca utandı, mahçup bir tavırla önünde bekleyip, duygulu bir sesle hitap etti:

— Beni affedebilecek misin?

— Hatanızı anlayıp, özür dileyişiniz bile asil duygunun nişanesidir.

— Kahbe bir oyuna kurban gittim. Kandirdılar beni. Senin gibi asil bir insana iftira ettim. Haksızlık ettim, aptallık ettim.Yalnız, bu çirkin hareketim bana çok şey öğretti. Senin dâvan gerçek, doğru olan bir yoldasın. Seni artık bir kardeş gibi seviyorum. Tıpkı senin gibi yaşayabilmeyi, kendime şiar edip fazilet yarışına katılacağım.

— İnşallah bacım. Allah seni dâvânda muzaffer kılsın. Kurtuluşun kutlu olsun...

Mahçup bir çehre önüne eğilip mırıldandı:

— Allah senden razı olsun.

* * *

Kübra Hanım sabah kahvaltısını hazırlamıştı... İbrahim Bey yatak kıyafetini değiştirip sofraya oturdu... Gözleri tuvalet masasının aynası karşısında arz-ı endam eden kızına takılınca dudak büktü...

Lise ikinci sınıfa geçmişti. Hareketleri belirli derecede serbestlik arz ediyordu. Dalgın dalgın kızını seyretti... Titizlikle taranıyor, kendisine hayran hayran bakıyordu... Babası sordu :

— Esma, kızım çok güzelsin...

Bu söz mânalı ve sitem doluydu. Esma, sadece :

— Farkındayım, diye gülümsedi.

İbrahim Bey, içinde yiv yiv derinleşen acıların ızdırabıyla kızına baktı :

— Hayatta insanın dört büyük düşmanı vardır, biliyor musun?

— Hiç araştırmadım babacığım.

— Birincisi güzellik. İkincisi zenginlik. Bunların her ikisi de insanın kendisinde olmasını istediği şeylerdir... Fakat ikisinin de taşınması zannedildiği kadar kolay değildir. Diğer ikisi ise, gurur ve kin. Bunlardan üçü sende mevcut. Dördüncüsünü henüz bilmiyorum.

Esma, yüzünü babasından yana çevirip kahkaha attı.

— Âdeta ruh doktoru gibi konuştunuz.

— Ruhun bir doktoru vardır. O da ruhu yaratan...

Evin hanımı çayları doldururken kocasına bakıp sordu :

— Sende bir durgunluk var.

— Geçer, dedi. Önemli değil.

— Düşüncelerini bilmem gerek.

— Bazı düşünceler ve ızdıraplar vardır ki yerdeki taşlara benzer. Bir kısmı toprağın üzerinde. Daha büyük parçası toprağın derinliklerine gömülüp kalmış. İşte bu da öyle bir dert...

Çayını bitirmeden yerinden doğrulup yola çıkmaya hazırlandı. Kafasında kümelenen düşünceyi halletmeden rahat edemeyeceğini anlamıştı...

* * *

Gökyüzü parlak ve hava sakindi... Pırıltılar semanın sedef aynasından dünyaya yansırken Ferhat kolejin bahçesinde ders çalışıyordu. Kapıdan içeri giren postacı ilgisini çekmişti. İçinde düğümlenen kör bir sancı, bütün azametiyle yenilenmişe benziyordu... Keder yüklü bakışları omuzu çantalı postacıya dalıp kaldı...

Az sonra, tahmin ettiği çıkmıştı. İsmi okundu... Kitabını kanepenin üzerine bırakıp müracaata doğru yürüdü. Mektubu alır almaz, ilk işi zarfın üzerini okumak olmuştu. Yazıyı tanımakta güçlük çekmedi... Gönlünün kanayışı, suratındaki ıstırap çizgilerinden rahatlıkla okunuyordu. Az önce terk ettiği kanepeye döndü. Yorgun bir hareketle yerine oturup kaldı...

Parmakları zarfın üzerinde isteksiz isteksiz dolaşırken zarfın kapağını aralayıp içindeki kâğıdı çıkardı..

Okusa mı, yoksa, yırtıp atsa mıydı?.. Kararsızlık içinde çırpınırken hüzünlü gözleri satırların üzerinde dolaşmağa başladı. Bütün hissiyatıyla kırık dökük bir manzara arz ediyordu.

Suçlu gibiydi. Duyduğu azap vicdanını kemirirken gözlerinden kaynamış damlacıklar döküldü... Sanki dünyaya kör nazarla bakıyordu...

Dudaklarının arasında cümleleşen satırlar, beynine iğne gibi batarken, ensesinin örsüne demir bir balyoz inmiş gibi başı önüne büküldü.

—" Bu sana üçüncü mektubum, sonuncu değil. Bütün kâinat birleşse gönlümde senin kadar bir yer tutamaz. Bütün aşklar kaynaşıp tek vücut olsa yine sana olan sevdamın binde birine yetişecek büyüklükte olamaz...

Seni, tarifsiz ve sınırsız olarak seviyorum. Tek taraflı aşkın acısı yüreğimde baş bağlamaz yaralar açıp bıraktı. Artık gülmeyi unuttum, ağlıyorum. Hep senin için. Senden uzaklarda oluşum, sana sahip olamayışım için ağlıyorum. Ne olur beni cevapsız bırakma, seni seviyorum de. Okuduğun şu satırların üzerine döktüğüm göz yaşlarımı unutma...»

* * *

Mektep, bu sefer de Ferhat'ın başka türlü göz yaşlarını içiyordu.

— Deli kız. Şu cinnet getirmiş cemiyeti tipik bir örneğisin, diye acındı.

Ağlıyordu. Esma gönül verdiği sevgilisi, Ferhat bütün insanlık adına ağlıyordu. Tuhaf ki ikisi de bir şeyi unutuyorlardı: Sadece kendileri adına ağlayabilmeyi...

Ferhat, bu hâlin çabucak farkına varmıştı... Mektup, parmaklarının arasında yorgun bir esintinin tesiriyle kımıldarken... Dünyadan habersizce ağlayan insan, sanki bütün dünya insanına mesaj gönderiyordu. Dudakları acı bir kıpırdanışla yumulup açıldı:

— Bugünün insanı, diye sızlandı... Kendi yıkılmışlığına, kendi perişan haline, başkalarına ağlayabildiği kadar ağlayabilseydi, Allah'ın rahmetinden ümit edilirdi ki Mevlâ bu insanların ceyhun ettiği gözyaşlarını, onların yeniden hayatlanmasına yeni bir baharda, neşvünema bulmasına sebep teşkil edecekti.

İnsan... Şuurunu kaybeden insan kendisine dönmeyi başarabilseydi, bütün sadakatıyla Mevlâ'ya teveccüh edebilseydi, bir noktada ilâhi duygular galeyana gelip, kendisi için gözyaşı dökebilseydi... Kimbilir, belki Mevlâ bizlere acırdı, affederdi. Fertleri perişan, aileleri harap olmuş bir cemaat halinden kurtulabilmemize yardımcı olurdu...

Lisanında binbir ıstırabın figanı vardı... Baş ucunda dikilen, ağladığını seyreden İbrahim Bey'in farkına varmamıştı...

— Ferhat, diye seslenince sıçradı...

Eli, ayağı titriyordu. Kızardı, morardı... Mektup titreşen parmaklarının arasında kırışıp katlanırken, hissiyatına acı acı dokunan sesin tazyikiyle doğrulup ayağa kalktı:

— Suçlu gibisin?

Sustu...

— Yine bir şey mi oldu?

Duygulu bir ses:

— Çok, diye sızlandı.

— Anlatsana.

— Anlatılmaz ki.

Mektubu cebine koyarken İbrahim Bey'in karşısında güçlükle dikiliyordu. İbrahim Bey, zorla sağlanan dengenin farkına varmıştı...

— Otur dedi.

Kendisi de hemen yanına ilişti.

— Kemal için mi ağlıyorsun?

Az da olsa rahatlığa kavuşmuştu. Vicdanının sızısını duya duya cevap verdi:

— Bütün insanlık için.

— Bîtab düşmüşsün. Biraz da kendin için ağla.

Cebinden mendil çıkartıp önüne uzattı.

— Sil şu gözlerindeki yaşı. Seni takdir ediyorum. İnsanlık anlayışın ve yüksek inancın karşısında eziliyor gibiyim. İslâm'ı yaşıyorum. Sanki gizli bir el beni sımsıkı sarmış, bırakmıyor. Lâkin sana imreniyor, seninle iftihar ediyorum. Seni daha çok İslâm'ı yaşadığın için seviyor, inançlarından taviz vermediğin için takdir ediyorum. Şimdilik, elimden bu kadarı geliyor. Hiç değilse, inananlara hürmet etmesini bilmeliyim... Neden ağlıyorsun bilmem ama, sebep, o cebine soktuğun mektupsa, ver onu kibritin alevlerine terk edeyim...

Konuşabilmekte âcizlik çekiyordu:

— İçindeki yazıları okusanız, sizin de fikriniz değişirdi. Belki de çerçeveletip utanç manzarası olarak duvara asar, her gün üzerine tükürürdünüz...

İbrahim Bey, konuyu derinleştirmekten sarfınazar etmişti. Efkâr dolu bir bakışla Ferhat'ı inceledi.

— Kapatalım, dedi. Ben de çok üzgünüm. Kemal'in belgelenişi beni yorgun düşürdü. Kirada bir dairemiz vardı. O boşaldı. Yüksek tahsile devam ederken orada kalmanı istiyorum.

Yüzüne bakarken derin bir ıstırabın işkencesini çekiyordu...

Ferhat:

— Şimdi? diye sordu.

— Şimdi Kemal kalacak sonra ikiniz... Sen üzülmeyesin diye Kemal'e şirkette iş vereceğim.

— Kemal, belki de benimle kalmak istemez.

Şaşırmıştı:

— Neden?

— Ayrı zihniyetlerin adamıyız üstelik, ben yaklaştıkça o kaçtı.

Bugün okulda son günüydü. Karşıdan Kemal göründü.

Kemal elinde valizi, yanlarına yaklaştı. Suratı asık, kaşları çatıktı.

İbrahim Bey'in yüzüne utanarak baktı. Adamcağız şaşırmıştı. Önce valizi, sonra Kemal'i dikkatle seyretti...

— Erken değil mi?

— En geç yarın terketmem gerekiyordu. Bir gün önce ya da sonra ne fark eder?

— Doğru, okulda son gecendi. Ne var ki bu bizimle son beraberliğin demek olmaz. Ferhat'ın hatırı için sana bir şans daha tanıyorum. Şirketimde iş vereceğim. Ferhat için boşalttığım dairede ikiniz kalacaksınız. Aklını başına toplarsan belge alışın tahsil hayatının sonu olmaz.

Cebinden bir anahtar çıkartıp önüne uzattı... Adres yazıp :

— Al, dedi doğruca gidip hemen yerleş.

Sevinmişti. Kendisine kalacak yer ve iş veriliyordu...

— Siz de olmasanız... diye mırıldandı.

Tavırlarında geçmişine dâir, pişmanlık hareketleri vardı...

— Okulda size lâyık bir talebe olamadım, diye sızlandı. Şirketinizde faydalı bir eleman olabileceğime inanıyorum...

* * *

Günler, saniyeler gibi tükenip gitmişti... Ferhat okulunu başarı ile bitirip diplomasını İbrahim Bey'e götürdü...

Vicdanındaki sızıyı atamamıştı. Kendisini suçlu hissedişinden dolayı yıkık dökük bir abideyi andırıyordu...

Şirkette çalıştığı yeri bulup sekretere geldiğini bildirdi.

Sekreter telefon haberleşmesinden sonra :

— Buyrun, dedi. Odasında sizi bekliyor.

Heyecanlandı. Yorgun adamlar gibi nefes nefeseydi... Şimdi, o iyilik sever insanın yüzüne nasıl bakacaktı?..

— Seni aldatıyorum, kızının yazdığı mektuplar cebimde mi? diyecekti... Yürürken ayakları dolaşıyordu. Sarardı, vücudu rüzgârın önündeki yaprak misali titremeye başladı...

Odan kapısını aralayıp istikametine baktı... Utangaç, başını önüne eğip kararsız adımlarla yürüdü.

İbrahim Bey bir delikanlı ile konuşuyordu. Kapının açıldığını görünce :

— Gel bakalım Ferhat paşa, diye gülümsedi.

Genç adam, Ferhat'ı dikkatle ve itina ile süzdü. İbrahim Bey'in ilgisini kıskanır gibi bir hâli vardı. İbrahim Bey :

— Hoş geldin evladım, dedi.

Öpmek için eline uzanmıştı :

— Hoş bulduk efendim.

Yanındaki delikanlıyı, Ferhat'la tanıştırmak istiyordu :

— Yeğenimiz Yılmaz. Şirketimizin personel müdürü. Esma'nın teyzesinin oğlu. Kemal'i de Yılmaz'ın maiyetine verdik.

— Memnun oldum efendim.

Tokalaştıktan sonra, işaret edilen yere oturmuştu. İbrahim Bey, Ferhat'ın hareketlerindeki kırgınlığa takılıp :

— Üzgünsün, dedi... Yoksa...

Ferhat, ceketinin iç cebinden çıkardığı kurdelalı diplomayı İbrahim Bey'e uzatırken ona cevap vermiş oluyordu...

Sevindi, takdirkâr bakışlarla yeniden süzmeye başladı :

— Aferin sana, dedi. Bu diplomayı birlikte getiren insanın sevinçli olması gerekir...

Utanmasa ağlayacaktı. İbrahim Bey, Yılmaz'a zamansız bir emrivakide bulundu :

— Bizi yalnız bırakır mısın?

Öfkesini belli etmemek için çabalayıp, ayağa kalktı. Birinci kapıdan çıkıp iki kapı arasındaki boşlukta bekledi. Kuşkulanmıştı.

Sekretere emir çoktan verilmişti bile :

— İçeriye kimseyi almayınız.

Ferhat'ın dünyasını karartan sırrı çözmek için uğraşıyordu. İbrahim Bey, karşısında otururken boncuk boncuk ter döken Ferhat'a bir müddet bakıp öylece kaldı...

Maddeten erimiş, mânada abide haline gelmiş bir insan modeli gibiydi. İbrahim Bey ağır havayı dağıtmak için Ferhat'a ısrarla sordu :

— Benden gizlemek zorunda kaldığın bir derdin olduğunu sanıyorum. Her yüzüne bakışta bunu anlamak güç değil. Seninle oturup bir baba - oğul gibi dertleşmek istiyorum... O seni rahatsız eden meseleyi bana anlatırsan belki ben de rahata kavuşurum. Utandığın bir mesele olur, gizlemeye çalışır, yalan söylersen kırılırım...

Ferhat kendini tutamadı. O perişan manzaralı insan, biraz daha incindi, hırpalandı :

— Ben yalan söylemekten Mevlâ'ya sığınırım. Allah'ın yasak ettiği yalanı söylemekten uzak durmaya çalışırım. Yarın huzuruna çağırıp, yalanımı yüzüme çarparsa, O kâinatın sahibinden haya ederim. Ben size gelirken daha yolun başlangıcında bile yalan söylemeyi düşünmedim şimdi de vicdanımdaki azabı, içimdeki kurdu öldürebilmek için buradayım...

O dert küpü insanın boşalışı bile nezaket doluydu:

— Suçlu gibiyim, dedi. Şu perişan hâlimi mazur görün. Size içimde kümelenen ıstırabı nakletmekten utanırım. Yalnız tek arzum şudur ki: Beni bu hâle koyana kızmayın. Daha şimdiden affınızı istirham ediyorum. Onu öğütleyin. İçinde bulunduğu cemiyetin medeniyet dediği, moda hastalığına yakalanmış.

Şifa için İslâm'ın reçetesini sunup kurtuluşunu sağlayın... Ben de fikirlerimi, acizane, kâğıt üzerine nakşettim. Şayet uygun bulunursa okumasını isterim... Beni okulun bahçesinde ağlatan mektubun cevabıdır...

Artık devam edemiyordu. Cebinden çıkardığı mektubu masanın üzerine bıraktı... Orada daha fazla duramazdı. Müsaade istemeye zaman ayıramadan kapıya yönelip telaşla açtı... Birdenbire duraklayıp şaşkın bir yüze sınırsız bir öfkeyle baktı:

— Günah, diye söyledi.

Yılmaz cevap veremiyordu. Şaşkın bir vaziyette kıvranırken dinlemekte olduğu kapıyı Ferhat'tan önce terk edip uzaklaştı.

İbrahim Bey hayretler içinde kalmıştı. Önüne bırakılan mektubun satırlarına göz gezdirdi. Hiçbir mâna veremiyordu... Bunlar neydi? Bu çocuk neden bu kadar hüzünlüydü? Mektubu henüz okuyup bitirmeden müsadesiz açılan kapının gürültüsü ile başını kaldırdı.

Kararsızlık içinde çırpınan baba, Esma'yı karşısında bulunca daha da şaşırmıştı.

— Gel, dedi. Otur bakalım.

Hemen karşısında Ferhat'ın az önce kalktığı koltuğa oturmuştu. Babasına ısrarla sordu:

— Allah aşkına baba, bugün buralarda neler dönüyor?

— Şimdilik hiçbir şey...

Okuduğu satırlardan gözlerini çekip kızının suratına dikkatle baktı...

— Bak günümüzde yaşayan bir genç ibret dolu bir aşk hikâyesi karşısında ne diyor... Okurken dikkatle dinle diye sızlandı...

Esma her şeyden habersizdi.

— Oku, diye heyecanlandı.

Baba hassas bir sesle okuyordu :

— İnsanın insana kulluk etmesi şirktir, haramdır... İnsanın insana olan sevgisi, Mevlâ'ya olan aşkın gölgesi bile olamaz. Zaten, Allah'a itaat edenler sevilmeli... Mecnun, Leylâ'sını senin tarif ettiğin gibi sevmiş. Ondan uzaklarda kaldıkça, onu gözünde büyütmüş. Her geçen gün biraz daha nazarında güzelleştirmiş. Çöllerde, sahralarda perişan başını Leylâ'sı için gezdirmiş... Mecnun'un halini görenler, Leylâ'yı kınarmış :

— Mecnun senin aşkından çöllere düştü demişler. Sözleri, şiirleri yürekleri yakar. Yeter zavallıyı perişan ettiğin. Kurtar onu. Gidip yaralı gönlüne merhem ol...

Leylâ, Mecnun'u arayıp tarayıp, o kızgın çöllerin ortasında bulmuş...

— Leylâ, Leylâ diyerek ağladığını duyduğu Mecnun'u Mevlâ Mevlâ diyerek coşuşunu görüp şaşırmış... Başucunda dikilip varlığından haberdar olmayan Mecnun'a kızıp, ağlamış :

— Mecnun, kafasını kaldırıp yüzüme baksana. Ben senin Leylâ'nım, cihanın diline düşürdüğün Leylâ'n...

Kafasını isteksiz bir hareketle kımıldatıp Leylâ'ya bakmış. Beklenmedik umursamazlıkla kafasını yeniden önüne indirirken, acı acı gülümsemiş :

— Sen benim Leylâ'm olamazsın, demiş. Dünyada onun bir eşi daha yok ki...

Leylâ Mecnun'un Leylâ'sıdır. Lâkin Mecnun gözünde büyütüp, erişilmez yaptığı sevgiliyi kimseye benzetmeye bile tahammül gösteremez olmuş. O, artık Leylâ'da Mevlâ'yı bulmuştur... Sen de gözünde büyüttüğün insanı gerçek yüzüyle görüp, Mecnun gibi ol...

Yarın Mevlâ'ya teveccüh ettiğin an, ıstırap içinde olmanı istemem. Kâinatın sahibi Yüce Allah'ın azameti karşısında, şimdiden ürpermeni İlahî kanunlara saygılı yaşamanı dilerim. Mevcut günahlarına tövbe edip yaratanın kapısını çal.

Geldim, de. Yarab sana geldim, de. Günahlarımın beni mağlup etmeğe başladığı noktadan dönüp, sana geldim, de. Bunaldığım için geldim, sıkıldığım için geldim, kimse derdime derman olamadı, onun için sana geldim, de. Sana kul olmak için geldim de...

Başkaları beni hep oyaladı, bozdu, isyankâr etti. Şeytan beni yanılttı, hissiyatımı şaşırttı. Kapına geldim, sinemin derdini yalnız sen anlarsın, onun için sana geldim de. O yüce Mevlâ'nın affına sığınıp, kalbini aşkların en kudsî olanına açık tut. Allah korkusundan ürpermiyen yürek, insanın içinde azap sırtında bir yük gibidir. Beni de dualarınızda unutmayın...

* * *

Esma hıçkırdı, sararıp solmuş utanıp kabuğuna çekilmişti.

— Derlerdi de inanamazdım, diye ağladı. Geri düşünceli adam sen de... Demek beni babama şikâyet etmek için geldin...

İbrahim Bey düşüncelerine ara verip duyduğu sözlere müdahalede bulundu :

— Sus, dedi. O asil insanı suçlamaya hakkın yok. Ona söz verdim, sana kızmayacağım. Ferhat sadece seni sana değil, inkârcı bir cemiyeti, sapık bir zihniyeti Mevlâsına şikâyet ediyor. Sevilmiyecek bir çocuk değil hani. Kusursuz... Üstelik arzulanan neslin modeli.

Esma hıçkırıklarına ara vermişti. Yerinden şimşek gibi doğrulup kalktı.

Islak gözlerini silerek kapıyı açtığı gibi, dışarı koştu. Kafatasında binbir sorunun uyanışı vardı... Karşısına gerilen Yılmaz'a iğrenerek bakıp şirketin bahçesinden ayrıldı...

Bu kız böyle acele acele nereye gidiyordu?..

İbrahim Bey oturduğu odanın penceresinden bu düşünceyle onu takip etti.

Ferhat, manevî bir huzura kavuşmuşluğun rahatlığı içindeydi. Şirkete yüz ikiyüz metre uzaklıktaki parka oturmuş, etrafı seyre koyulmuştu...

* * *

Gülüp eğlenen çocuklar, simitçiler, baloncular, gençler ve ihtiyarlar... Zihinlerinde, apayrı dünyalar kurmuşlardı...

Çok geçmeden iç âleminin derinliklerine dalıp kaldı... Altın sarısı saçlı, beş ya da altı yaşlarında gösteren bir çocuk, sanki bu garip insanın hayranı kesilmişti. Onu uzatmalı bakışlarına hedef seçti...

Güneşten rahatsız olan gözleri kırpık, yüzünün körpe derileri sevimli bir şekilde kırışıktı... Neden sonra Ferhat'ı içe dönük ufkundan ayırdı:

— Abi...

Ferhat sesin sahibine dikkatle baktı:

— Efendim.

— Sen niçin yalnız oturuyorsun?

— Bilmem...

— Kalkıp sen de oynasana.
— Yalnız oynanmaz ki...
— İstersen ikimiz oynarız.
— Senin de kendine göre oynayacak arkadaşların olmalı.
— Burada yok. Annemle geldik. Oynayalım mı?
Onu, kırmadan yanından savuşturmak istiyordu:
— Annen kızar, dedi...
— Neden kızsın? Yaramazlık etmedim ki...
— Adın ne?
— Cihat.
— Güzel bir ismin varmış.
— Ya senin adın?
— Ferhat.
— Seninki de güzelmiş.
Ferhat'ın hareketleri aniden değişikliğe uğramıştı... Çocuk, kendisine gösterilen ilginin kesildiğini görüp dudaklarını kırıştırdı... Kızmıştı... Olayı garip bir durgunlukla seyre koyuldu...
Ferhat'ın dudaklarında ıslıklaşan bir ses, genç kıza soru oldu:
— Ne işin var burada?
Olduğundan daha da durgunlaşmıştı:
— Hiç! diye mırıldandı. Geldim işte.
— Babanıza gidiyordunuz...
— Şimdi de dönüyorum. Kovmanızı, bana hakaret etmenizi bekliyorum.
Rengi sarardı, gözleri mânasız pırıltıların yuvalandığı sığınaklardan farksızdı... Elmacık kemiklerine sıralanan sessiz yaşların sebebi büyüktü... Ferhat, bu ciddi manzaranın problem teşkil etmemesi için hitab İsteksizce seslendi:
— Hasta gibisiniz... Biraz oturmaz mısınız?
Genç kız suratını aksi istikamete çevirip konuştu:

— Babamdan utandım... Bu hareketin içimdeki tereddüdü yeniledi. Onun için mektuplarımı reddettin... Belki de onlar seni tahlil edebilmek için yazılmış uydurma aşk masallarından başka hiçbir şey değillerdi... Senin kardeşim olup olmadığını açığa çıkartmak isteyen bir düşünce... Ferhat'a dönüp daha da hırçınlaştı:

— Söyle bana. İnandığın Allah'tan korkarsan doğruyu söyle... Sen benim üvey kardeşim misin. Mektupları onun için mi cevaplandırmayıp babamıza şikâyet ettin?

Ferhat, pusulayı şaşırmış kaptanlar gibiydi... Tarifsiz acılar içinde kıvranırken yemin etti:

— Allah şahidim olsun ki sen bana kardeş değilsin...

Suratında acı ile sevincin kaynaştığı bir anı yaşıyordu:

— Öyle ise, diye çırpındı... Seni deli gibi seven bir kalbi niçin bedbaht görmeyi istiyorsun? Sana zevce olmak, hatta taleben olmak istiyorum. Beni kendin gibi yetiştir. Belki o zaman inandığımız Allah'a birlikte ibadet ederiz.

Ferhat utancından renkten renge boyanırken vücudunda ince ince sızılar dolaştı:

— Esma, diye mırıldandı. Böyle meseleleri büyükler konuşur... Daha çok gençsin... Senin arzuların nisan yağmuru gibidir... Coşkun çağlayan seller gibisin şimdi... Yanlış verilen bir karar olsa olsa sakat bir yuvanın temeli olur. Daha macerayı sevda kabul ettiğin çağlardasın. Hayatı kendine zehir, başkalarına zindan etmekten çekinmelisin...

Barut dolu bir fıçıyı andırıyordu... Beklenmedik anda infilak etti...

— Hayır, ben macera arayan bir kız değilim. Seçmek, evlenmek benim de hakkımdır.

— Bu kararı tek başına alabilecek yaşta değilsin.

— Nereden biliyorsunuz?

— İmtihan vermeye cesaretin var mı?

Durakladı, kararsız bir hareketle sordu :

— Nasıl bir imtihan.

— Pek zor sayılmaz.

— Hazırım.

— İmtihanı kazanamazsan, sözümü dinler misin?

— Yemin ederim...

Ferhat, önlerinden geçmekte olan baloncuya bakıp, çağırdı :

— Baloncu.

— Buyur ağabey.

— Buraya gel!

Baloncu, balonlarını indirirken Ferhat, Esma'ya seslendi :

— Her renkten birer tane alabilirsin.

Esma, Ferhat'ın sözlerini emir kabul etmişti. Söyleneni aynen yaptı... Kırmızı, sarı, yeşil ve beyaz balonlardan alıp bekledi...

Ferhat baloncunun parasını verip uğurlarken yanlarından ayrılmayan Cihad derin bir merakla onları seyretmekten kendisini alamıyordu.

Esma, elindeki balonlarla birlikte Ferhat'a döndü...

— Aldım işte.

— Şimdi, balonların hepsini yanında bekleyen çocuğun önüne tut, içlerinden bir tanesini beğenip almasını söyle. Unutma, sadece bir tanesini.

Esma, oldukça dikkatli ve haddinden fazla şaşkınlık içindeydi.

— Bunların imtihanla ne alâkası var? diye düşündü...

Cihat'a bakıp, tebessüm etti...

— Sana bu balonlardan bir tanesini, beğen deseydim, hangisini alırdın?

Cihat hiç düşünmeden sordu :

— Beğendiğim balonu bana verecek misin?

— Evet...

Balonları birer birer gözden geçirirken tereddütten seçemiyordu... Esma, sabırsızlandı...

— Hadiii...

Cihat, parmağını balonların üzerinde gezdirirken :

— Şunu, şunu... Bir de şunu diye çabuklaştı...

Esma, itiraz etti :

— Sana içlerinden sadece bir tanesini beğenip almanı söyledim.

Arzu dolu çocuk, parmağını yeşil balonun üzerinde durdururken küskün gibiydi...

Esma, Cihat'ın saçlarını okşayarak beğendiği balonu, ötekilerin arasından ayırıp verdi... Kendisine uzatılan balon elinde ve boynu bükük gibiydi... Esma'nın suratına ısrarlı ısrarlı bakıp :

— Abla, diye yakardı...

— Efendim.

— Sen o balonları ne yapacaksın? Onları da bana versene...

Esma çocuğun yakarışına dayanamamıştı :

— Al, dedi, hepsi de senin olsun.

Cihat o kadar sevinçliydi ki... Coştu, kükredi ve elinde balonlar olduğu hâlde, yanlarından uçarcasına uzaklaştı. Annesine doğru koştu...

İki çift göz onu yürekten seyrederken Cihat dünyadan bîhaberdi.

Balonun bir tanesini az ileride patlatıp attı... Önce üzüldü, sonra aldırış bile etmeden yoluna devam etti... Diğerleri ile oyununu sürdürmekteydi... Şişkin bir balonu söndürüp yeniden şişirmekle uğraşırken elinden ipleri kaçan öteki balonlar göklere çekildi... Üzüntüsünün verdiği kararsız bir nefes, dudağındaki balonu da patlatmıştı.

Az evvel gözbebeklerinden taşan sevinç pırıltılarının yerini şimdi acılı bakışlar dolduruyordu...

Patlayan balon dudaklarından yerlere düşerken, hüzün dolu bakışlar, göklerde hevenk hevenk uçuşan balonlarda kaldı.

Onları ebediyen kaçırdığının farkına daha yeni yeni varıyordu. Ağlamaklı olmuştu. Yüzünün derileri üzüntüsünden kırış kırış oldu... Göğüs geçirip yerlerde tozların arasında bir şeyler aradı... Patlayıp, dudaklarından düşen balon, tozların arasında garip bir manzara arz ediyordu...Eğilip titrek parmaklarının arasına aldı... Şişirmek istiyordu... Beceremeyince göz pınarlarından inci inci yaşlar sıralandı... Elindeki yırtık balonu iyice parçalayıp yere fırlatırken ümitleri de beraber gitmişti... Ne yapsa parçalar balon olmuyordu artık. Daha doğrusu tozlu lastik parçalarından başka bir şey değildi.

Gözlerini yeniden göklere çevirip bir müddet öylece kaldı...

Esma üzülmüştü. Ferhat'a kızar gibi konuştu:

— Beğendin mi yaptığını? Çocuğun neşesini kaçırdın. Bari yeniden balon alıp versek...

— Balonların kaderi patlamaktır... Çocuklar kendilerine verilen balonlarla ancak bu kadar oynayabilirler...

— Ne diye yaptın bunu?

— Duygularını dile getiren bir hikâyeyi anlatmak için... Oysa sen anlayamadın.

— Çocuğun eline balon vermekle, imtihanın ne ilgisi olabilir?

— Senin yaşındaki kızların sevdası, kendilerine eş beğenmesi çocukların balon seçmesine benzer... Hepsi kendilerinin olsun isterler.

Gördün işte, iki karpuz bir koltuğa sığmıyor... Çocuk, isteği üzerine kendisine verilen balonların bir kısmını patlattı, bazısını da uçurdu... Sonra patlak parçalardan balon yapmaya çalıştı... Daha sonra parçaların işe yaramaz olduğunu farkedip yerlere fırlattı, şimdi kaçırdıkları için elem duyuyor...

Senin de gönlün macera dolu bir sevda için yaralı olmasın. Hem kendini, hem de o parçalanmış balona benzeteceğin insanı düşünüp vazgeç. Eş seçebilme hakkını kendinde görebilsen bile henüz seçebilecek yaşta değilsin.

Esma, duyduğu sözlerden sonra, Cihat'tan farksızdı... Önce sevindi sonunda ağladı... Arzuları yerine getirilmeyen çocuklar işte böyle yaparlardı.

Arkasına bile bakmadan koştu, kaçarcasına...

* * *

Bugün, telaşı oldukça büyüktü... Saatin akrebine, yelkovanına bile düşman kesilmişti...

— Daha on bile olmadi, diye homurdandı.

Eritemediği zamandan müştekî kalmıştı... Yerinden doğrulup kalktı... Esma'yı düşünüyordu... Akşam olur olmaz babasını ve annesini gönderip Esma'yı istetecekti... Onu hayatta hiç kimseye kaptırmaya tahammül gösteremiyordu.

Her gününkünden farklı giyinmişti... Kumral saçları geniş omuzlarının üzerine dökülürcesine uzamıştı... Kendisine çeki düzen verip İbrahim Bey'in odasının önünde durakladı... Sekretere :

— Yalnız mı? diye sordu.

— Yalnız efendim.

Heyecanı yatışmamış aksine fazlalaşmıştı... Sakinleşmeye çalışıp kapıyı çaldı... Ondan izin isteyecekti... Nezaket dolu adımlarla İbrahim Bey'e yaklaşıp iyi günler diledi ...Güler bir yüzle karşılanınca, kendisinden biraz daha emin olmuştu... Şakacı bir söz, Yılmaz'ın konuşmasını erteledi :

— Hayrola Yılmaz... Canın nişan şekeri istedi galiba...

Utandı, sıkıldı... Elbisesinin içinde sıkışmış gibi terler döktü. Sanki her şey ondan habersizce olup bitirilmişti... İçinde sevinç ve heyecanın kazanı birlikte kaynarken, ikram edilen çukulataya uzandı... Müjde bekliyordu :

— Hiç birşey anlayamadım, diye mırıldandı...

— Esma'yı nişanladık.

Morardı, sarardı... Çukulata için uzanan eli yanına düşüp kalmıştı.

— Kiminle?.. diyebildi...

Tek kelime beyninde bomba gibi patlamıştı :

— Ferhat'la.

Olduğu yere yığılacak gibi oldu... Ayakta pelte pelte sallandı.

— Haberim yoktu, diye mırıldandı.

Herkese sürpriz oldu... Kimseye söylemedik... Yüzük takıp resmî muameleye kadar, dinî nikâh kıydırdık... Düğünümüz de yakın...

— Saadetler dilerim.

İbrahim Bey'in odasından güçlükle çıkabildi...

— Ferhat... diye bir ismi geveleyip, dişlerini gıcırdattı :

— Bu servetin üzerine yerleşmek pek kolay olmayacak sana, diye homurdandı. Nişan değil, başına felâket satın aldın. Esma'yı sana eş edersem, dünya bana mezar olsun.

Yemin ediyordu... Öfkesini ateşli kelimelerden alırcasına yemin etti...

— Esma'yı sana yar edersem...

* * *

Günler çile yumağı gibi sarılıp tükenirken Yılmaz divâneye dönmüştü... Hayalleri hüsran, en değerli arzuları kalbinde yiv yiv derinleşen sancı olmuştu...

Esma'yı yitirmişti. Ancak son aldığı haber, eskisinden daha da acıydı... Hayret komalarına girip girip çıktı...

Haberin tafsilâtını öğrenebilmek için Kemal'i yanına çağırdı... Olup biten her şeyi sorup öğrenmişti... Duydukları doğru çıkınca efkârı büsbütün arttı.

Ferhat'a şirkette iş verilmişti... Bundan böyle en büyük selâhiyet Ferhat'ın oluyordu...

Hukuk Fakültesini kazanmış, Kemal'le aynı eve yerleşmişti.

Bu hali kıskanan sadece Yılmaz değildi. Kemal de açığa vuramadığı duygularının sancısını çekiyordu...

Ferhat'a büyük bir selâhiyet verildiği hâlde, kendisi sıradan bir memurdu. Ferhat milyonların tek varisi, o ise hâlâ himmete muhtaç bir insandı.

— Şans kudurmuş, şaşırmış, diye öfkelendi. Sanki her sahada ona gitmek için yarış ediyor...

Bahar'ı düşündü... Artık, sırası gelmiş, geçmişti bile... Tahsil görmüş bir kızın karşısına çıkıp:

— Ben Ferhat'ım, demek onu inandırmak için yetecek miydi?

Tıp talebesi bir kız için bu, ne de olsa, zayıf bir ihtimaldi... Kafası yine şeytanî buluşların pazarı oldu...

Birden asık suratında yumuşak çizigler kırılmaya başladı... Mülevves bir tebessümün arkasından rahatlığa kavuşmuş gibiydi...

Ferhat'ın öğrenci hüviyetini çalıp üzerindeki resmi sökerse ve de üzerine kendi fotoğrafını yapıştırırsa her şey kendiliğinden hallolup giderdi...

Yine bir gün Bahar'ı uzaklardan seyretmek için gitmişti. O muhteşem villayı garazkâr bakışlarla seyrederken, omuzlarına dokunan eller, onu birden sıçrattı.

Dönüp hayretler içinde ellerin sahibine baktı... Bütün iskeleti zelzeleye tutulmuş gibi sarsılmıştı. Hareketleri, tavırları, gözlerindeki pırıltılar bile heyecan doluydu... Ne yapsa tedirgin hâlini gizliyemiyordu.

— Ne arıyorsun burada? diye kekeledi.

Ferhat, karşısında sararan, titreyen insana sakin bir şekilde karşılık verdi:

— Şöyle bir dolaşayım demiştim.

Tüyleri diken diken, benzi geçikti...

Ferhat karşısındaki perişan manzaraya baktıkça bir şeyler sezer gibi oluyordu:

— Ya sen ne arıyorsun? diye sordu.

Şaşkın ve basit bir cevapla karşılık verdi:

— Hiç...

— Benden saklamana gerek yok. Burada oturan annen mi, yoksa baban mı?

Az da olsa rahatlamış gibiydi... Ferhat'ın sorusu şaşkın arkadaşına yardımcı olmuştu:

— Babam, diye cevapladı.

— Demek her gün buralara saklanıp onları seyrediyorsun.

Kafasını salladı...

— Yanlarına gitsene...

İtiraz doluydu... İsyan edercesine tersledi:

— Olmaz. Hem sen çekilip işine gitsene. Ben senin işlerine karışıyor muyum?..

Ferhat arkadaşının suratına acıyarak bakıyordu:

— Sen bilirsin, diye mırıldandı. Hasret uzaklardan seyretmekle tükenmez ki...

Ferhat gidiyordu... Aldatıldığını, kahpe bir oyuna gelerek uzaklaştırıldığını bilemeden...

O fitne yürekli insan Ferhat uzaklaştıkça rahatladı... Derin bir nefes alarak:

— Oh, çekti...

HÜRRİYET

Fakültede geçirdiği günler bağrında devâ bulmaz yaralar açmıştı. Şirketteki masasının başında olayları üzüntüyle gözlerinin önünde şeritleştirdi... Ne yapsa bir türlü unutamıyordu.

Derse ilk katıldığı gündü... Profesör ders vermekle meşgûlken kapı şiddetle geriye dayanıp içeriye iki talebe girdi... Profesör şaşkın şaşkın yüzlerine bakarken bir tanesi sınıfa sertçe haykırdı:

— Aşağıda forum var, derse son veriyoruz...

Öğretim üyesi bir heykelden farksızdı. Donup kalmıştı...

— Yok, diyemedi sustu...

Sınıfta bulunanlardan birkaç talebe ayaklanıp:

— Gidelim, diye haykırınca gönülsüz olan talebeler kararsızlık içinde oturup kaldı...

Bu hâl pek fazla sürmemişti. İlim öğrenmek için geldiklerini sanan kafalar vahşileşti... Ders görmek isteyen talebeler zorbaca dışarı sürüklenmeye başlandığı sırada kızgın bir ses, dershanenin duvarlarına şamar şamar indi:

— Durun...

Ferhat bağırıyordu... Her türlü hareket bir an için son bulmuş, gözler sesin sahibinden yana çevrilmişti...

— Bizi ders görmekten mahrum etmeye hiç bir zihniyetin hakkı yoktur. Bu hareket toplumun ve fertlerin hürriyetini çiğnemenin en çirkin örneğidir.

İri yapılı bir öğrenci öfkeli ve sert adımlarla Ferhat'a yaklaşıp yakalarından tutup silkeledi...

— Yaşamaktan bıkmış gibisin...

Ferhat yakasından yapışan elleri, kızgın bir hareketle söküp uzaklaştırdı...

— Foruma gidenler aşağıya, ders görmek isteyenler sınıfına dönsün.

Sanki, herkes bu küçük işareti bekliyordu... Maceracı, bozguncu azlığın karşısına, diri bir kuvvet dikildi... Bozguncular dersten atılmaya başlanmıştı bile... Dışarı çıkanlardan sesler yükseliyordu:

— On dakikadan fazla sınıfta kalanlarla görüşürüz.

Öğretim üyesi hâdiselerin karşısında seyirci kalmıştı. Sınıf, eski sükûnetine kavuşunca, güçlükle konuştu:

— Bu şartlar altında ders yapmamıza imkân yoktur... Biraz sonra hadiselerin nasıl sonuçlanacağı kestirilemez...

* * *

Yarının idarecileri, bugün hangi aklın hizmetkârlığını yapıyorlardı... Okumaya, huzura ve hürriyetlere karşı olan kafalar, yarın hangi ilim ve ihtisasla dünyayı sevk ve idare edebileceklerdi?..

Bu türlü her hareketin, insanlığın sinesinde şifasız yaralar açacağını bilmeyen nesil, dünyanın her noktasında birer yanardağ, lavlar yükselten birer volkan olduklarından bihaberdi...

Bilmiyorlardı ki macerası, kanları ile dolaşım yapan bir neslin harabesi bile korkunç olacaktı...

Masasının başında ders çalışan Ferhat, gerçeklerin dışında mayalanan kafaların ıstırabını böyle duyuyordu...

* * *

Bugün yemeklerini dışarıda yiyip evlerine dönmüşlerdi... Ferhat namaz kıldıktan sonra, kitap okumaya başladı... Bu hava Kemal'i sıkmıştı... Sorular sorarak rahatlamayı tercih etti...

— Ferhat...

Gözlerini satırlardan ayırıp Kemal'e baktı.

— Efendim...

— Kenan seni aradı mı?

— Aradı...

— Bir erkek çocuğu olmuş.

— Haberim var.

— Biliyor musun, çok akıllılık etti... Ustasının kızını alıp koskoca dükkânın sahibi oldu... Yakında seni de kaybediyoruz... İçinizde en şanssızı ben oldum...

— Doğru. İçimizden yalnız sen şuursuz çıktın...

— Sana göre şuursuz ve gayesizim. Beynimi açıp okumak mümkün olsa bunları söylemezdin. Bir sürü planlarım var. Bunlar olduğu takdirde, herkes şaşıp kalacak, herkes...

— Sadece zengin olmak için kurulan hayaller gaye değildir. Mânâdan ayrı kalan madde felakettir...

— Ferhat...

— Söyle.

— Şimdi her şeyi bir köşeye bırak, öylece kalsın. Sana bir şey sormak istiyorum...

— Dinliyorum.

— Bir gün, o izini yitirdiğin kardeşine kavuşursan, bu, gönlünden mânâyı kovan, madde perest dediğin insana vermeyi düşünür müsün?

— Hayır. Sen aynı kafayı taşıdıkça, gölgesini bile sana yakın tutmak istemezdim.

Acı acı gülümsedi :

— Düşündüğün gibi konuşuyorsun...

— Yalan söylemekten korkan insanlar düşündüğü gibi konuşur...

* * *

Asrın titizlikle hazırladığı kalıba sıkışmış bir insan modeliydi. Düşüncelerini hiçbir zaman ölçüye vurmadan karara bağlayan, hadiseleri, vicdan mahkemesinde muhakeme etmeden, menfaati uğruna cihanı ateşe vermekten endişe duymayan bir insan modeliydi...

Dışı gülistan, içi vahşet pazarı tipik bir model...

İzin almıştı. Kendisini personel şefliğine yükselten, makam veren arkadaşının hüviyetini çalıp, öz kardeşini kandırmak için ona en korkunç oyunu tezgâhlamıştı...

— Git, moralin düzelinceye kadar izinlisin, diye müsaade koparınca nefesi Tıp Fakültesinin önünde almıştı... Avını bekleyen kediler gibi etrafı kolaçan etmeye başladı...

Dersten yeni çıkan talebelere dikkat kesildi... Gözleri güzel, uzun boylu, tesettürlü bir kızı arıyordu. Birden bire heyecanlanıp toparlandı... Bahar yalnızdı. Bu hâl işine çok yaramıştı. Çantası koltuğunun altında yürürken, yabancı bir sesin etkisi ile sıçradı :

— Bahar...

Durakladı. Hemen arkasından, ismini çağıran sesin sahibini aradı.

Kendisine ısrarla bakan, ona hitab eden bu yabancı kimdi? Tanıyamamıştı... Asık surat, öfkeli bir yüzle yoluna devam etti.

Delikanlı adımlarını çabuklaştırıp kendisini umursamadan yürüyen genç kıza yetişmişti. Sesinin titrekliğinden, heyecanının yüksek olduğunu anlamak zor olmasa gerekti...

— Bahar, diye hitabını yeniledi.

Çatık kaşlı, asık suratlı kız, arkasına hışımla dönüp bağırdı :

— Ne istiyorsun benden?

— Üzgünüm. Seneler sana Ferhat'ı çabucak unutturmuş olmalı...

Damarlarında dolaşan kan bile durgunlaşmıştı... (Ben Ferhat'ım) diyen insana alev dolu pırıltılarla baktı... Beklemediği müjdenin heyecanı onu yolun ortasında hareketsiz bırakacak kadar etkilemişti...

— Ferhat... diye haykırıp sarılabilmek için kollarını açtı...

Koltuğunun altına sıkışan çanta, kırık bir sesle yere düşerken, etrafına bakıp toparlandı... Soğuk bir hareketle, bir adım geriye çekilirken:

— Ferhat'san ispat et, diye kekeledi...

Cebindeki uydurma hüviyeti çıkartıp önüne uzattı.

— Zannederim, gördüğün bu öğrenci kartı beni sana tanıtmaya kâfidir.

Titrek parmaklar karta uzanırken, heyecan yuvasını andıran gözler üzerindeki harfleri seçmek için uğraştı...

— Demek okuyorsun...

— Kaderde varmış...

Caddenin orta yerinde hasret dolu bir ses dalgalandı :

— Ferhat.

Sarılıp, kafasını o heyecandan zor soluyan adamın göğsüne yasladı. Çarçabuk toparlanıp ıslak gözlerle defalarca baktı...

Utanç tuzağına düştüğünün farkına varsa, yabana açılan kolların ıstırabı ile ağlayacaktı...

Bir anda neye uğramıştı bilemedi... Müteessir bir çehre ile aralanıp ısrarla baktı... Ürperdi, titredi ve sordu:

— Bizleri yaratanın aşkına doğruyu söyle. Sen hakikaten Ferhat mısın?

Kemal huysuzlaştı, soldu. Ümitlerini yitirmiş gibi çırpındı...

— Neden inanmak istemiyorsun? Yoksa bir mâni mi var. Yoksa, ikimizi ayıran insanlardan mı çekiniyorsun?.. Buna gerek yok. Büyüdük. Biz de onlar gibi güçlüyüz. Biz de hayata onlar kadar göğüs gerebiliriz.

Yaralı kuşlardan farksızdı:

— Hayır, hayır diye sızlandı. Benim tanıdığım Ferhat sen olamazsın. O, çocukluk günlerinde bile, Mevlasına secde eden, haramlardan sakınan insandı. Senin nefesin içki kokuyor, sarhoşsun...

Bahar ağlıyordu. Kemal:

— Bunlar doğuştan dindar, diye düşünüp, çareler aradı... Hatasını usta bir lisanla tamire çalıştı...

— Belki de yerden göğe kadar haklısın. Ben eski tanıdığın Ferhat değilim. Hayat da senin bildiğin gibi değil... Dediklerin, sıcak bir yuvanın rahatlığı içinde yapılan şeyler. Bense çok çile çektim. Bu bozuk cemiyet, korkulu yarınlar bana Mevlâ'yı bile unutturdu. Merak etme... Sana kavuştum ya, her şey düzelecek...

Esef doluydu:

— Demek, mimsiz medeniyetin bataklığı, zamana aslını inkâr ederek uyma illeti senin de mezarın oldu... Demek, çağın edepsiz buyruklarına sen de eğildin. İnkârcılık modasına rıza gösterdin... Git buradan... Seni bulmamış olmak bundan bin kere daha iyidir... Ben inançlarını yitirmemiş, en zor şartlar altında bile kırılıp ama eğilmeyen bir Ferhat isterim. Mevlâ'sına dost, şirk koşanlara düşman olan Ferhat'ı... Git diyorum. Hayallerimde yaşayan Ferhat'ı öldürmeden, git buradan...

— Sus, dedi. Senin hatırın için dediğin gibi olmaya hazırım.

— Demek, benim hatırım Yaradan'ın hatırından daha üstün... Yazık... Konuştukça, günaha giriyorsun... Susarsan daha iyi olur...

Kekeledi :

— Söz verdim. Heyecanımdan ne söylesem bilemiyorum. Üzme artık beni.

Yürüdüler... Bahar :

— Anlat, dedi. Nerede çalışıp ne iş tutuyorsun?

— Hâli hazırda bir şirkette memurum.

— Nerede kalıyorsun?

— Bekâr bir arkadaşımla kiraladığımız dairede.

— Arkadaşın da senin gibi mi?

Sustu... Ayakları, onları hangi istikamete çekmişse, o tarafa yürüdüler... Yorulduklarını hissedince, Bahar saatine baktı...

— Geciktim, dedi. Evden merak ederler. Gel, birlikte gidelim.

İtiraz etti :

— Hayır istemem. Onların evine gitmektense, seni sokaklarda görmeye razıyım.

— Haklısın. O zaman adres ver, telefon numarası ver... Gerektiği vakit ararım.

— Hayır hayır, bunlara lüzum yok. Ben seni ararım.

— Kaldığın evin, çalıştığın şirketin adresini bilmeliyim.

— Şimdilik olmaz.

— Esrarengiz bir halin var...

— Öyle olmam gerekiyor...

— Dayımdan mı korkuyorsun?

— Korkmuyorum.

— Adresimi bulmuş, bana geldi. Ferhat nerde, dedi. Bilmiyorum, dedim. Karakola koştum.. Saç sakal... Tam bir cani. Yakalanmamış. Yoksa izini bulur diye mi?..

— Sabırlı ol ve bekle. Her şey düzelecek. Senin için alınan arsa hâlâ duruyor mu?

— Elbette. Fiyatlanmış, milyonları geçkin edermiş.

— Bir kısmını satsak.

— Darda mısın?

— Onun için değil. Kendimize bir yuva kurmak için. Diyar-ı gurbette derbeder yaşamaktan bıktım da.

— Olmayacak şey değil. Bir miktar satar, dediklerini yapabiliriz Ancak birdenbire, beni yetiştiren insanları terk etmek doğru olmaz.En azından rızalarını almak lâzım.

Artık ayrılma zamanı gelmişti... Bahar, kardeşi sandığı adamın suratına duygulu duygulu baktı. Bu hâl, ayrılmak zamanının geldiğini işaret ediyordu.

Kemal :

— Anladım, dedi. Geç kaldım diyeceksin...

— Mâlum... Vakit oldukça ilerledi. Bundan daha fazla geç kalmam uygun olmaz. Yanımda dolaşan, kardeşim bile olsa...

— Haklısın, diye tasdik etti. Kaderde iki kardeşin, yasak buluşmalara rıza göstermesi de varmış...

Bahar, kardeş müsveddesine mahçup bir eda ile bakıp üzüldü :

— Zaman her şeyi halleder. Biraz daha bekleyelim.

Mahçup bakışlı, ezik duygulu kız :

— Allahaısmarladık, dedi. Kendine iyi bak...

Bir çift göz, ayrılan iki gencin üzerinde şaşkın şaşkın dolaşmaya başlamıştı.

Onların vedalaşma törenine baktı, baktı...

Bu hayret komasına giren insan, Ferhat'ın ta kendisiydi...

Pür tesettür, hayat dolu kızın arkasından dalgın dalgın seyretti...

Kemal, Ferhat'ın varlığından habersizce aynı istikameti seyre koyulmuştu...

Ferhat fazla vakit geçirmeden Kemal'in yanına sokulup suratına nefretle baktı...

— Kimdi o kız?

Kemal'i aşinası olduğu bir ses, uykudan uyandırmış gibi sıçrattı. Bu kez her zamankinden daha çok korkmuştu...

Dudaklarının arasında, biçimsiz bir cümleyi geveledi...

— Şey... Analığımın kızı... Yani babamın kızlığı.

— Seni tanıyor mu, yani üvey babasının oğlu olduğunu biliyor mu?

— Hayır.

— Nasıl tanıştın?

— Arakladım.

Ferhat acı bir gülüşle :

— Yalan söylüyorsun, diye azarladı.

— Tesettüründen, hâlinden de anlaşılıyor ki o kız basit bir maceranın malı olamaz.

— Unutma ki insanlar melâike değildir. Her insan bir kere olsun hislerine mağlup olamaz mı yani?.

— Bilmiyorum... Öyle olsa bile bu sana ne kazandıracak?

— İntikam alacağım. Annesi babamı baştan çıkarmıştı...

— Dinimize göre o kız sana haram.

Tek düşüncesi Ferhat'ı başından savuşturmaktı... Onun için de, bam teline bastı:

— Benim dinim filân yok, diye bağırdı.

Ferhat deliye dönmüştü; onu:

— Mürted, diye lânetledi...

Yürümek için hazırlanırken öfke dolu bir cümle sıraladı:

— Bu hareketine hiçbir zaman müsaade etmiyeceğim. Gidip o kızcağıza her şeyi olduğu gibi anlatacağım.

Kemal beyninden vurulmuşa dönmüştü. Hırçınlaştı, daha da âsileşti... Kurduğu bütün hayallerin bir anda yıkılışına dayanamıyordu...

— Olmaz, diye bağırdı... Benim işlerime karışamazsın...

Ferhat'ın önüne geçip yakalarından kıyasıya sarstı...

— Bunu yaparsan öldürürüm seni. Anlıyor musun öldürürüm...

Ferhat yakasına asılan elleri nefretle silkeleyip savurdu.

— Çekil önümden, diye sertleşti. Senin yaptığın İslâmiyet nazarında cinayettir.

Bacaklarına dolaşan kuvvetli bir çelme, Ferhat'ı yere sermeye yetmişti.

Hışımla ayağa doğrulup yumruklarını sıktı.

Balyoz gibi inen bir yumruk Kemal'i ayakta sallarken ikinci darbe yerlerde kıvrandırmaya yetmişti.

Uzaklara sinirli sinirli bakıp az önce gördüğü kızı aradı.

Mesafeler aradığını görüntüden sileli çok olmuştu...

Üzgündü... Yerde yatan Kemal'e lânet dolu nazarlarla bakarken:

— Onu mutlaka bulacağım, dedi... Her şeyi olduğu gibi anlatıp suratına tükürmesini sağlamak için... O iğrenç düşüncelerini, sefil duygularını öğrensin diye her ne pahasına olursa olsun. O kızcağızı bulup anlatacağım...

Yerden kalkarken öfke doluydu...

— İşlerime karışma deyip hücum etti...

Ferhat muhatabına iğrenerek bakıp:

— Senin gibi bir insanla arkadaş olduğum için utanıyorum, dedi...

Kemal mücadeleyi göze alamadığından olsa gerek ki durakladı... Öfkeyle devleşen bakışlar birbirlerini tehdit ederken Ferhat neler düşünmedi neler...

Artık çekilmez olmuştu... Eve gelmemesini söyleyecekti... Acı acı yutkunup durakladı.

Biraz daha üzerinde ehemmiyetle durmak gerektiğini düşündü... Onu kovmak meseleyi halletmeyeceği gibi, üstelik daha sefil bir hayata itebilirdi..

O anda Mevlânâ'yı düşündü... Acı ve ibret dolu bir hikâye gözlerinin önünde tazeliğini taşıyarak canlanmıştı...

Mevlâna bir kötünün idam edileceğini duyunca koşmuştu... Ona yetişmek, affını istemek için...

İnfaz yerine kanter içinde geldiğinde, her şey çoktan olup bitmişti...

İbret sahnesini seyredenlerin gözleri önünde o, sefil mahlûkun cesedi üzerine eğilip ayaklarına kapanmıştı...

— Bizleri affet, diye yalvararak ağlıyordu.

Yakarışı kendisini tanıyanları incitmiş, hayretlere düşürmüştü.

Bir tanesi koşarak yanına sokulup sordu:

— Ya Mevlâna, sen bu sefil mahlûku tanımaz mısın yoksa?.. Bu acizin dünyada iken işlemediği günah kalmamıştı. Akla gelen bütün fenalıkları yaptı. Sen nasıl olur da böyle bir günahkârın ayaklarına kapanıp af dilersin?.

Mevlâna ıslak bakışlarını baş ucunda dikilen zata çevirip cevap verdi...

— Biz dâvamızda sadık insanlar olsaydık, İslâm'ı, şu ipe çekilen adama güzelce anlatsaydık, kurtulacaktı. Cemiyet olarak vazifemizi yapamadığımız için bu günahkâr adamın içler acısı manzarası önünde kendisinden af diliyorum...

Adam:

— Cemiyet, diye mırıldanmıştı...

— Cemiyet...

Ferhat bu kıssadan hisse kaparak onu daha fazla hırpalamamıştı... Belki daha sonraları onu ikaz edip yanlışlarını düzeltmesini istiyecekti...

Hep bunları düşünerek Kemal'in koluna girdi...

— Gel, şimdi evimize gidelim, diye söylendi...

Kemal kinini içinde saklayıp kara vicdanını beyaz göstermeye çabaladı...

— Gidelim, dedi.

Sanki her şeyi bir anda unutmuş gibi...

— Hem biliyor musun, ben bu işten vazgeçtim. Beni uyardığın için sağol. Bundan böyle ondan uzak kalacağım.

Ferhat Kemal'in gözlerine sadece inanmış gibi baktı... Onu iyi tanırdı...

DÜĞÜN HAZIRLIĞI

Düğün hazırlıkları tamamdı... Esma sevinçten uçuyordu sanki...

O havaî çocuk, kısa bir zamanda olgun, inançlı genç bir kız olup çıkmıştı... Babası, hatta, annesi bile bu hale şaşırmıştı...

Kemal, Bahar'la birkaç defa daha buluştu... Para istedi ve aldı. Arsaya müşteri aradı... Bulduğu gün arzuları gerçekleşecekti... Arabalar, evler ve ayaklarının altına serilecek yepyeni bir dünya...

Ve nihayet Bahar onu kardeş bilerek yanına taşınınca, işte o gece... Hep böyle düşündü durdu...

Evde Ferhat'la yüzyüze gelmemek ve dikkatini çekmemek için köşe bucak kaçtı...

Ferhat, o gün Kemal'i evde bulunca yatmadan evvel sordu :

— Son günlerde daha da değiştin.

— Öyle.

— Çok para harcıyor, çeşitli elbiseler giyiyorsun. Üstelik içkin de eksik olmuyor.

— Ne var bunda?

Kızdı :

— Seni son defa ikaz ediyorum. Artık tahammül duvarımı yıktın. İçkili olarak bu eve gelmene müsaade edemem.

Alaylı alaylı güldü :

— Karı malının kıralı gibi konuştun.

— Ben servet budalası değilim. Hareketlerin hoşuma gitmiyor o kadar. Kendini düzeltmezsen, şirketten bile...

— Konuş konuş, çekinme, fırsat elinde.

— Sular bile her zaman bulanık akmaz. İnsan gibi yaşamayı öğren. Senden istediğim bu. Hayvanlaşmaya özenen cemiyetin tipik bir örneği olup çıktın...

— İstediğin çok yakında olacak beyzadem. Bu çekilmez adama birkaç gün daha sabredersen yeter. Şirketiniz de eviniz de, sizin olsun. Gidiyorum.

— Nasıl bir gidiş bu?

— Her zaman şans sana gülmez ya. Zengin bir kız buldum. Şimdi anladın mı?

— Demek dediklerin oldu.

— Hem de nasıl.

— Artık, annenle babana caka satmak zamanı geldi.

— Tam istediğim gibi...

— Demek, onları karanlıklara saklanarak değil, açıktan görebileceksin.

— Evet...

— Yıllardır aynı şeyleri düşündün... Araban evin, cebinde demet demet paraların olsun istedin... Seni terk eden insanların karşısına çıkıp bağırmak zamanı geldi. Artık zenginim diyeceksin öyle mi?

— Kim bu şanssız kız?..

Ferhat'a öfkeyle baktı...

— Kim olduğunu bir bilebilsen... Belki senin konduğun servetten daha çok malı var. Böylece hem senden hem de beni terk edenlerden intikam alacağım.

— Evet, dediğim zaman geldi beyzadem, onlara herkesin gözleri önünde haykıracağım. Ben sokakların ortasına attığınız Kemal'im.

Ferhat ıstırap doluydu... Derin bir "of" çekerek rahatlamayı tercih etti...

* * *

Kemal'in beklediği günler gecikiyordu. Bahar'ı sık sık ziyaret edip dertlendi:

— Arsayı satabildin mi?

— Nerede? Tamamını alacak müşteri yok. Parça parça satmak da benim için kolay değil tabiî.

— Şey, ben izin alsam...

Bahar yorgun bir düşünceye dalıp kaldı...

— Olur, dedi.

— Sakın acele edişimi başka şeylere yorumlama. Yıllardır sıcak bir yuvanın hasretini çekerek yaşadım. Küçük de olsa bir evimiz olsun istiyorum. İkimizin kalabileceği bir ev...

Bahar susmuştu. Kardeşi sandığı insanın hislenişi karşısında onu kıramadı...

Çocukluk günlerini hatırlamıştı... Gurbete atıldığı günler, ıslak gözlerinde şeritlendikçe, kardeşinin yüzüne bakıp ağladı.

— Olur, Arsalar değil, canım bile kardeşime feda olsun...

Sevinçliydi. Ferhat rolünü başarıyla oynadığı için keyfine diyecek yoktu.

Artık, rüzgârlar kadar serin, kuşlar kadar hürdü... Senelik izine ayrıldığı an, bütün hayalleri gerçekleşecekti...

* * *

İzin için Yılmaz'a gitmeyi düşündü. Sonra vazgeçti. Ferhat... O da olmazdı. İbrahim Bey'i sordu, daha gelmemişti.

Pencereden dışarı dökülen bakışların tahammülü azalmıştı... Öfke dolu pırıltılar aniden parlamıştı. İbrahim Bey geliyordu.

Odanın içinde, sağa sola dolaşırken, büyük bir telâş içindeydi. Kendisine bir sigara içimlik zaman ayırmıştı. İzmariti ayaklarının altına atıp, ezdi. Merdivenlerden nefes nefese çıkıp salona geçti. Kanapeler, görüşmek isteyen ziyaretçilerle doluydu. Kızdı...

— Allah kahretsin, diye homurdanıp odasına indi. Artık çıkış saatini beklemek zorundaydı. Ferhat'ı sordu. İşi icabı dışarıda olduğunu söylediler. İbrahim Bey'in Ferhat'ı bekleyeceğini öğrenince az da olsa rahatladı.

* * *

Yılmaz, sinir buhranları içinde kıvranıyordu. Elindeki tabancayı evirip çevirdi... Susturucuyu takıp cebine koydu...

Bugün her şey bitmeliydi. Ferhat'ın saltanatı... İbrahim Bey'in ömrü... Her şey... Esma'nın düğün hazırlığı, bütün hevesi sona erecek, dünya bir başka çehreye bürünecekti...

Koskoca servetin tek varisi olması, tabancanın namlusundan çıkan kurşunların hedefini iyi seçebilmesine bağlıydı.

Saat altıya yirmi vardı... Personel iş yerini on dakikada ıssız bırakmıştı.

Kemal, İbrahim Bey'in sonu gelmek bilmeyen ziyaretçilerini gözetlemekten bıkmıştı... Lavobaya girip saçlarını tararken, son ziyaretçi de çıkmıştı... Bu sırada Yılmaz sıkıntılı bir hareketle İbrahim Bey'in odasından yana savuştu... Sekretere baktı, gitmişti.

Yüksek bir heyecanın tesiri ile titrerken makam odasının kapısını usulca araladı...

İbrahim Bey, kendisine arkası dönük, ceketini giyiniyordu. Yılmaz boncuk boncuk terlemişti.

Nefesini, nefesine güçlükle yetiştirirken, cebinden tabancasını çıkardı. Şuursuz parmaklar tetiğe çökerken kararsız bir titreşim içindeydi.

Namlunun ucunu terkeden bir çift kurşun,boşlukta ölü bir fısıltı kopartarak hedefini buldu...

Susturucu, azamet dolu gürültüyü gizlemişti. Ne var ki İbrahim Bey'in ıstırabı buna dahil değildi...

Sol kolu ceketini giyerken, kazıklaştı... Gerildi... Önce dizlerinin, sonra yüzünün üzerine düşüp yerlere serildi...

— AAAAH... diye acı bir sesle odanın içini inletti.

Yılmaz, işini kolayca bitirmişti. Fakat odadan çıkmak için geriye döndüğünde, kendisini aptal aptal seyretmekte olan Kemal'le burun buruna geldi.

Yılmaz'ın elindeki tabanca, onu korkulara salmıştı.

— Yılmaz, diye sayıkladı... Ne yaptın sen?

Namlu üzerine çevrilmişti :

— Odama geç, diye ikazda bulundu.

— Tamam tamam, geçiyorum...

Personel Müdürlüğü makamına birlikte gelmişlerdi... Yılmaz kapıyı hışımla kapatıp :

— Tek şahit sensin, dedi. Ağzını sıkı tutmasını başarırsan yaşadık.

— Hiç birşey anlamadım.

— Anlamayacak ne var? İbrahim Bey'i vurdum. Çoktan eşek cennetini boyladı bile.

Kemal'in sıkıntısı çoğalmıştı. Arkasındaki sandalyeye takatsız olarak yığılıp kaldı :

— Ama niye?

— Budala. Artık bütün servet ikimizin sayılır. Az sonra Ferhat burada. Suç mahallinde hiçbir iz bırakmadım. İbrahim Bey'i Ferhat vurdu, anlıyor musun..? İkimiz aynı şekilde şahitlik edersek suçlu diye Ferhat'ı içeri tıkarlar, biz de kurtuluruz.

Düşünebiliyor musun? Ferhat hapiste; Esma, Yılmaz Bey'in müstakbel eşi, Kemal şirketin hissedarlarından bir tanesi...

— Olur mu dersin?

— Her şey dediğim gibi...

Kemal'in kafası fitneye çalışırdı. Masanın üzerinden boş bir kağıt alıp, Yılmaz'ın önüne uzattı:

— Yaz.

— Ne yazayım?

— Ben Yılmaz Çetin... İbrahim Bey'in hanımının yeğeni. İbrahim Bey'i ben öldürdüm. Kemal tek görgü şahididir.

Kalemi oynatırken, parmakları cereyana kapılmıştan farksızdı... Satırların altını imzalayıp, Kemal'e baktı:

— Ne işine yarar bu?

— Vadettiğin serveti vermezsen... Yani teminatname cinsinden bir belge...

Hemen rıza göstermişti. Kaybedecek zamanı yok gibi bir şeydi:

— Al dedi. Fakat tek şartım var.

— Söyle?

— Ferhat'ı birlikte takip edip polise yine beraberce enseleteceğiz.

Tamam

— Sorarlarsa çalışıyorduk. Tabanca sesini işitip koştuk. Geldiğimizde, Ferhat çoktan işini bitirmişti.

— Anlaştık.

İbrahim Bey'in odası kapalı, bekçiler olanlardan habersizdi...

Ferhat arabasından inip kendisini getiren şirketin şoförüne, beklemesini söyledi... Koşarak merdivenlerden çıktı... Acele edişine bakılırsa gecikmişe benziyordu. Makam odasının kapısını çalıp ses çıkmayınca açtı. Etrafı aradı, sonra gözleri askılığın dibinde kaldı. Sanki beyninden kurşun yemiş gibi sarsılıp ayakta durabilmek için sırtını duvara yasladı.

Şaşkına dönmüştü. Kısa bir tereddüt geçirdikten sonra, ayaklarını dehşet manzarasının sergilendiği noktaya sürükledi. İbrahim Bey kanlar içerisinde yatıyordu. Eğilip onu sırtüstü çevirdi. Yorgun bir nefesin mevcudiyeti kırık ümitlerine müjde veriyordu.

Pencereye koşup gökleri yırtarcasına şoförü çağırdı:

— Cemaaal, çabuk yukarı gel. İbrahim Bey'i vurmuşlar.

Aynı ses, gece bekçilerinin kulaklarını tırmalayıp geçti. Yerlere tapur tupur inip kalkan ayak sesleri, binanın sükûnetini ihlâl ediyordu.

Yılmaz coşkun bir heyecanla yerinden doğrulup gürültüye kulak kabarttı.

— Tam zamanı, dedi. Koş.

Onlar da herkesle birlikte koşuyordu. Yılmaz, bekçilerin arasından sıyrılıp hızla içeriye daldı. Kemal arkasından onu takip ediyordu...

Ferhat ahizeyi kaldırıp numaratörü çevirdi. Telefona cevap veren emniyet mensubuyla konuşmasını daha bitirmemişti ki Yılmaz odanın dolusunca bağırdı:

— Katiiil... Onu sen öldürdün. Şimdi de utanmadan polis mi çağırıyorsun?

Öfkeyle sıktığı yumruğunu, Ferhat'ın suratına balyoz gibi indirdi...

— Ben de seni geberteceğim...

Ferhat olayın kısa özetini emniyet mensuplarına bildirmişti. Sendeledi, elinden ahize küt diye yere düştü. Kendisini güçlükle toparlayıp yeniden üzerine hücum eden Yılmaz'ı şiddetle itti.

— Git buradan, fikirlerini sorarlarsa açıklarsın. İbrahim Bey ölmedi. Kim vurmuşsa bulunacaktır elbet...

Kemal hırçınlaşarak Ferhat'a bağırdı:

— Sen vurdun onu.

Ferhat bön bön Kemal'in suratına baktı:

— Bırak saçmalamayı.

— Câni. Yedirdiği ekmekten bile utanmıyorsun...

Haber verilen karakol oldukça yakındı. Polis düdüklerinin sesi duyulurken ambulans da gecikmemişti...

Polisler merdivenlerden tırmanırlarken Yılmaz hadiseyi büyütmek çabasında idi. Sinirinden ağlayışı, hareketlerine ciddilik kazandırıyordu:

— Seni parçalamalıyım iki yüzlü canavar.

Yeniden saldırmıştı. Ferhat bir oldu bittiye getirilmek istendiğinin farkındaydı. Kendisini hedef seçen yumruklara şiddetle karşılık verdi.

Polisler çabuk yetişmişti. Yılmaz aldığı darbenin sonucu, yerlerde kıvranırken odaya giren emniyet mensuplarına seslendi:

— Yakalayın onu. İbrahim Bey'i o vurdu. Kaçırmayın.

Sözlerinin dinlenmediği, gerçeklerin üzerine kara perdelerin çekildiği bir zamanda Ferhat utanç verici çirkin bir fitnenin kurbanı oluyordu.

İbrahim Bey hastahaneye uğurlanırken Ferhat çaresizliklere boyun eğdi... Tek kelimeyle, kahrolmuştu. Ümitleri yaralı, takati kesik olarak kodese atıldı... Yine ellerini kâinatın sahibine açmıştı:

— Yarab, beni bu iğrenç iftiranın altında ezdirme. Her türlü iftiradan, fenalıklardan sana sığınırım...

Yılmaz düşündüklerini başarmıştı. Esma haberi alınca, cinnet getirmişe döndü... Ya annesi?.. Tek kelimeyle perişan olmuştu...

CANİ

Aynı gecenin sabahı gazeteler Ferhat'ın boy boy Fotoğraflarını basıp büyük puntolarla teşhir etti...

"Kendisini okutup yanında büyüttüğü adamı acımadan kurşuna dizen cani yakayı ele verdi.."

Ferhat için bu acı bir imtihandı. Satırları okurken dudaklarını sakız gibi çiğneyip gevdi...

İbrahim Bey hâlâ komadan çıkamamıştı. Sorulduğunda, ilgilenen doktor:

— Kurtuluşu mûcize olur, diyordu...

Gazetelerin servis doktorunun mesajları bunlardan ibaretti. Mâsum bir insanı cani diye ilân eden gazetelerden biri, Bahar'ın kaldığı eve de girmişti... Ne var ki evin hanımı gazeteyi görür görmez sakladı. Hatta bahaneler uydurup yalancıktan hasta döşeğine yatıp günlerce Bahar'ı baş ucundan ayırmamak için çabaladı. Eve gazete girmesine bile mani olmuştu...

* * *

Yılmaz ve Kemal, olayın en önemli şahitleri oluyorlardı. İkisi de aynı ifadeyi vermekte güçlük çekmedi...

"Acı bir çığlık üzerine koştuk. Şoförü çağırıyordu. İçeri girdiğimizde vurduğu adamın üzerine abanmış, boğmak istiyordu. Ölmediğini anlamış olmalı ki bu yola baş vurmuştu..."

Suçüstü mahkemesinin çehresi bundan ibaretti. Mahkeme, İbrahim Bey'in hayatta oluşu sebebiyle ve soruşturmanın sürdürülmesi için, ileri bir tarihe bırakılmıştı.

Esma ve annesi Kübra Hanım Adliye binasına yetişemeden, her şey olup bitmişti. Haberin teferruatını Yılmaz'ın ağzından dinliyorlardı...

Öyle ustalıklı ve duygulara hitab edici bir dille nakletti ki ana kız Yılmaz'ı koruyucu melek gibi görmeye başlamışlardı.

Esma, İslâm'ın o yeni siması, kendisine has tesettür içerisinde bitkin kalmıştı.

— Ferhat, diye sızlanıp hıçkırıklarını genişletti. Demek, hakiki çehresini ustaca, âdi bir şekilde gizlemişti...

Hastahaneye geldiklerinde, ana ve kız takattan kesilmiş görünüyorlardı. Kol kola girip birbirlerine destek olarak yürüdüler.

Yılmaz, onlara akrabalık vazifesinin fevkalâdesini yapıyor gibiydi. Birlikte göz yaşı döküp ıstıraplarına ortak oldu. Suratında beliren sahte keder çizgileri asıl çehresini perdelemeye yetiyordu. Korkunun verdiği heyecan, rol yapmasa bile, onları aldatmaya kâfi idi... Doktor hastaya, ancak uzaktan bakmaya müsaade etti. Kan ve serum veriliyordu. Esma bölüm doktoruna

— Durum, diye sordu.

Doktor, o üzgün çehreye bakıp:

— Allah, dedi. O'ndan hiçbir zaman ümit kesilmez...

* * *

Kemal, geceyi evde ve tek başına geçirmişti... Hadisenin tesiri, onu sarhoşa çevirmişti. Meselenin nasıl sonuç verebileceğini düşünüp korkuyordu. Sonra her şeyi unutmaya çalışıp Bahar'ı düşündü...

— Ferhat'ın fotoğrafları diye kekeledi...Ya Bahar görmüşse...

Birkaç gün ortalarda görünmemek, ileride bir gün tedbiri elden bırakmadan nabzını yoklamak en doğrusu olacaktı. Öyle karar verdi.

Gardiyan demir kapıyı aralayıp :

— Ferhat Tunalı, diye seslendi Ziyaretçin var.

Dayak yemiş kadar yorgun ve hâlsizdi. Yerinden güçlükle doğrulup yürüdü. Mahmurlaşan bakışları, hayret doluydu. Tel örgüye iyice yaklaşıp adeta fısıldadı.

— Esmaaa. Niçin geldin?

İkinci bir darbeyi yiyeceğini düşünmemişti. Belki de böyle olsun istemiyordu.

O inci inci damlalara gebelik çeken buğulu gözler, Ferhat'a esefle baktı :

— Yüzüne tükürmek için geldim, diye hıçkırdı... O perdenin altındaki çehreyi görmek için, aramızdaki bütün bağları koparmak için geldim. Şimdi neden geldiğimi anladın mı?

— Demek sen de o yalanlara inandın, öyle mi? O âdi oyuna, vahşet tuzağının sahtekâr yüzüne sen de kandın...

Ağlıyordu... Parmağından çıkardığı alyansı, demir parmaklıkların arasından fırlatırken kısık bir sesle bağırdı :

— Üzerinde ismin yazılan halkayı getirdim. Dilerim Mevlâ'dan, darağaçlarında can veresin...

Güçlükle geriye dönüp gölge gibi bulunduğu yerden uzaklaştı.

Ferhat vücuduna ağır gelen kafasını, demirlere yaslayıp sustu. Kırık dökük kalbini Mevlâ'sına açarken, dünyasına kapatmıştı. Sessiz, pulsuz ve imzasız bir dilekçe gönderdi :

— Rabbim, bu korkunç iftiradan beni kurtar.

Yaradan, dualarını kabul ederse, iman kuvveti bu kadar denemeyle onu yeterli görüp çilekeş imtihanına son verirse, Mevlâ'sı onu temize çıkarabilirdi...

* * *

Son günler, Yılmaz ve Kemal'in neşesini iyice kaçırmıştı. İbrahim Bey'in sıhhati düzeliyordu. Yılmaz kendisinin İbrahim Bey tarafından görülmediğine emindi. Sadece Kemal için endişeleniyordu. Personel müdürü ünvanı taltif edip maaşına zam yapışı herkesi şaşırtmıştı.

* * *

Bugün Esma'nın, babası ile görüşmesine müsaade edilmişti. Doktor :

— Dilediğiniz gibi konuşabilirsiniz, dedi. Artık tehlikeyi atlattı.

Olaydan sonra ilk defa görüşüyorlardı. Babasını görünce, yaralı kuşlar gibi çırpındı...

— Baba, diye hıçkırdı...

İbrahim Bey, kızının aşırı heyecanı karşısında gülümsedi :

— Gel bakalım...

Boynuna sarılıp yüzlerini defalarca öptü. Sevinç göz

— Geçmiş olsun baba.

— Sağol kızım.

— Şimdi iyisin ya?

— Mevlâ'ya şükürler olsun. Atlattık sayılır. Sizler de iyisiniz ya?

— İyiyiz.

— Ferhat neden gelmedi?

Babasının yüzüne şaşkın şaşkın baktı. Babası da şaşırmıştı...

— Yanlış bir şey mi sordum?

— Baba seni kim vurdu, bunu biliyor musun?

— Hayır.

Meseleyi genişletmemek için, konuyu değiştirmek istedi. Kısa bir süre sustu. Hemen sonra:

— Doktor yakında taburcu olacağını söyledi:

İbrahim Bey merak içinde kalmıştı. Kızını dikkatle seyredip ilk sorgusunun üzerinde ısrar etti:

— Ferhat niçin gelmedi?

Dudaklarını yüksek hararetli bir alev dalgası yalayıp geçti:

— Baba...

— Söylesene kızım, Ferhat niçin burada değil?

— Hapiste o.

— Hapiste mi? Niçin?

— Seni öldürmek isteyen o olduğu için.

— Olmaz, diye hırçınlaştı. Olmaz bu. Hayatta bütün olmazlar olsa bile bu iş senin dediğin gibi olmaz.

— Bunu ben değil, kanun söylüyor baba.

— Ferhat öyle şey yapmaz, dedim.

— Kanaatler hiçbir zaman kâfi delil değildir. Yılmaz ağabeyim ile Kemal, ikisi de görgü şahidi. Mahkemenin huzurunda doğru söyleyeceklerine dair yemin ettiler.

Baba kendi ıstırabını unutmuş, Ferhat'ı düşünüyordu:

— Kemal, Ferhat, diye sızlandı. Ferhat, kendisini kurtarmak istedikçe, Kemal onun mahvını hazırlamıştı.

— İnanmam ben o adamlara, diye öfkelendi.

— Biz inandık baba. Hatta kanun bile. Az sonra ifadenize başvurulacak. Hislerinizle değil, ortadaki gerçeklerle hadiseyi değerlendirmenizi istiyorum.

Yorgun kafasını itirazla salladı:

— Yanlış iş yapıyorsunuz...

— Hâlâ ne kadar iyimsersin...

Kızını yeni baştan gözden geçirdi:

— Ondan nefret etmeye başlamışsın...

— Ya sen?

— Param için böyle bir şey yapması mümkün değil. Çünkü milyonlarımı kendi emrine bırakmıştım.

— Ne de olsa tamah kötü şeydir. Kim bilir, belki de şirketin idaresinde tek adam olmak istemiştir...

— Esma, bak kızım. Eğer babanı üzmek istemiyorsan Ferhat'ı suçlama.

— Size çok iyimsersiniz, dedim.

— Böyle düşünmeyi bana Ferhat öğretti. İslâm'ı yaşıyamadım, lâkin o çocuğun şahsında İslâmiyet'e imrendim. Bana düşünme tarzını, sana tesettür ve hayayı o öğretti.

— Bize doğru yolu seçmemizde yardımcı oldu. Bu bir gerçektir. Fakat bu hâl onu suçlamamak hakkını vermez ki. Sadece bir sahtekârdır o.

Öfke dolu bir ses belki de son ikazını yapıyordu:

— Esma, diye kızdı. Sana Ferhat'ı suçlama demiştim.

Esma, cılız hıçkırıkların içinde ağlıyordu...

— Onu çok seviyorsun, değil mi baba? Hatta, benden bile çok...

— Seviyorum.

Gözleri kızının alyanssız parmağına takıldı:

— Yüzüğün nerede?

— Yüzüne fırlatıp attım.

— Tekrar takacaksın onu.

— Dünya durdukça hayır.

— Demek, dünya durdukça ha... Gidebilirsin kızım. Birdenbire istirahate ihtiyaç duydum.

* * *

Ferhat ikinci muhakemenin sonunda serbest bırakılmıştı.

İbrahim Bey'in şikâyetçi olmayışı, şirket şoförünün şehadeti, bekçilerin ayrı ayrı dinlenmesi hadiseyi kısmen aydınlatmaya kâfi gelmişti.

Fakat her şeye rağmen hakikat, nazarlarda olduğu gibi açığa çıkmıyordu. İbrahim Bey, zaman zaman tesir altında kalmaktan kurtulamadı. İstifhamlar onu da şüpheye düşürdü. Ferhat'ı konuşmak için yanına çağırmıştı. Ferhat, öpmek için uzandığı el, geriye çekilince üzüldü. İbrahim Bey, Ferhat'ın yüzüne bakmadan konuştu:

— Kurtulman için her çareye başvurdum. Şayet senden ummadığım bu suçu işlemişsen, Allah seni affetsin.

Birdenbire duygulandı, doluktu, hassas bir sesle ağlıyordu:

— Artık bu şirkette çalışmayacaksın. Esma böyle olsun istedi. Bana hak vereceğini sanıyorum. Gençtir, kıramadım. Sana sermaye verip bir iş yeri açmanı düşündüm. Bu ikimizin arasında sır olarak kalmalı.

Ferhat kırılmış, dökülmüş, perişan olmuştu. Bir gerçeği söylemekten kendisini alamadı:

— Allah şahidim olsun ki ben size fenalık düşünmedim. Ayrılıyoruz diye de küsmüyorum. Sadece dikkatli olmanızı, düşmanın size nefes kadar yakında olduğunu hatırlatmak isterim.

— Kemal'i mi kastediyorsun?

— Hayır efendim. O sadece âlet olabilir.

— Başka?

— Allahaısmarladık efendim. Sizi ömrümce unutmayacağım.

Öfke dolu bir ses, Ferhat'ı frenliyordu:

— Dur, bekle biraz.

Olduğu yerde çivilenmiş gibi durup, öylece kaldı.

İbrahim Bey telefonu açıp Kemal'i aradı:

— Odama kadar gel.

Ahizeyi sertçe kapayıp bekledi.

Çok geçmeden odanın kapısı geriye dayandı. Kemal yanlarına doğru yaklaştı. Ürkek bakışlarla etrafı gözden geçirip, Ferhat'a, sonra İbrahim Bey'e baktı. Titrek bir sesle:

— Buyrunuz efendim,

İbrahim Bey kafasındaki düşünceyi açıklamada güçlük çekiyordu:

— Muhasebeye kadar in, hesabın kesilsin.

Şaşırmıştı:

— Anlayamadım, diyerek tekrarlamasını istedi.

— Anlayamayacak bir şey yok. Şirketten ayrılıyorsun.

İtiraz doluydu:

— Fakat beyefendi...

— Hesabınızın kesilmesini istedim. Hepsi bu kadar.

Acınacak bir hâli vardı. Çenesi, elleri, gözbebeklerindeki pırıltılar bile titredi. Bu, sokaklara ikinci defa terkedilişi, hatta birincisinden daha da acısı oluyordu.

Vedalaşmayı düşünmeden, İbrahim Bey'e nefretle bakıp, bulunduğu odayı terk etti.

Fakat neye uğradığını bilememişti. Bütün vücudu mantarlaştı, olduğu yerde hareketsizce bekledi. İbrahim Bey düşündüklerini tekrarlıyordu:

— Evet, Ferhat. Seni işten ayırmak zorundayım. İçinde bulunduğum durumu az çok takdir etmelisin. Sen yine de iyice düşün. Vâdettiğim sermayeyi reddetme.

Ferhat İbrahim Bey'i daha fazla meşgul etmek istemiyordu:

— Allah'a emanet olunuz. Gitmem gerek.

İbrahim Bey cevabını almış bulunuyordu. Müteessir bir lisanla:

— Pekâlâ Ferhat. Git bakalım. Yalnız unutma. Zor durumda kalırsan aynı imkân senin hakkındır. Oturduğun evden çıkmayabilirsin.

Ayrı ayrı, bütün personelle helallaşıp iş yerinden ayrılmıştı. Tabii Yılmaz buna dahil olmuyordu.

Kemal şirketin çıkış kapısının önünde, tedirgin ve ürkek, şimdi ne yapacağını, nereye gideceğini düşünürken kapıdan çıkan Ferhat'a yaklaşıp:

— Nereye? dedi.

— İşten ayrıldım.

— Evden de çıkıyor muyuz?

— Çıkıyoruz.

— Ne yapacağız şimdi?

— Bilmem. Çocuk değilsin artık. Ne yapman gerektiğini düşünmen lâzım.

— Ayrılıyor muyuz?

— Sen de biliyorsun ki hiç beraber olamamıştık.

— Beni bırakamazsın. Bana da kendinle beraber iş bulmalısın. Ben senin yüzünden işten kovuldum. Beni sokakların ortasına bırakamazsın.

Ferhat acı acı gülümsedi:

— Şimdiye kadar beraber olmaktan kaçan sen değil miydin? Benim mahvımı hazırlamak için düşmanlarımla el ele vermedin mi?

— Şimdi ikimizin durumu da bir. İkimizin de desteğe ihtiyacı var.

Ferhat cevap vermeyi uygun bulmadan yürümüştü. Kemal endişeli adımlarla yanına sokuldu.

— Ferhat, diye bağırdı. Beraber olmalıyız.

Durakladı. Sakin bir lisanla:

— Ben bu vakte kadar sana niçin tahammül ettim biliyor musun?

— İşte bunu hiç düşünmemiştim.

— Adam olursun diye. Fakat olamadın. O yıkık hissiyatına mimar olmak istedim. Başaramadım. Oysa senin şu anda bile gidecek evin var. Annen, baban ve tanımadığın kardeşlerin. Bana kalırsa, gece seyirlerini bırakıp içlerinden bir tanesine dönmelisin. Belki senin için daha iyi olur.

— Onlardan nefret ediyorum.

— Hayır, aksine çok seviyorsun. İnsanlar nefret ettikleriyle değil, sevip unutamadığı insanlarla ilgilenir.

Sadece boynunu büktü:

— Belki de öyledir, diye sızlandı. Ne var ki yanlarına dönemiyorum. Biliyorsun. Büyük bir emelim var.

— Zengin olacaksın. Altında araba, cebinde demet demet paralarla onlara caka yapacaksın. Ve bağıracaksın: "Ben sizin sokaklara terkettiğiniz Kemal'im..."

— Bunları ezberledik. Ben seni adam yapmak istedikçe bu sonu gelmeyen hayallerin seni yıktı. Vahşi eller, beynini yıkayan sapık fikirler, sen böyle ol istedi: Bencil, egoist ve maneviyatsız. Seninle birlik olalım, doğru.

Hayata beraberce göğüs gerelim, pek güzel. Fakat bilsen ki gayesiz çırpınışların sonunda acı gerçekler vardır. Bu kafayı taşıdıkça seninle beraber olmak bana sadece ıstırap olur...

Sen Mevlâ'sını unutmuş neslin neferisin. İnsan kendisini can evinden vurmak isteyen düşmanıyla beraber olabilir mi?

Kemal hâlâ menfaatlerini hesaplıyordu:

— Ahlâk dersi vermenin sırası değil. Belki düşüncelerinde haklısın. Yalnız kızma ama, çok sabit fikirlisin. Şayet inançlarında haklıysan, Allah'ına söyle bizi zor durumda bırakmasın... Ben kurtuluş istiyorum, sen bana hayali kuvvetlerden söz ediyorsun... İnsan kuvvetli olan, varlığını hissettiren, her yerde kendisine destek olan bir varlığın himayesine sığınabilir. Bence dünyada tek kuvvet paradır.

Ferhat kızardı, morardı, damarlarındaki kan beynine hücum edip diken diken battı.

— Senin zihniyetindeki nesle Mevlâ'yı anlatmak, anadan doğma köre renkleri tarif etmek kadar güçtür.

— Seni, yanlış örülmüş bir duvar gibi yıkıp baştan sona kadar, yeniden örmek gerek. Kırık dökük bir hissiyatın var. Bakımsız, ihmal edilmiş viraneler gibisin. Maneviyattan mahrum, hissiyatta yanlış, harcı eksik katılmış bir cemiyetin mahsulüsün..

— Seni yanlış örülmüş bir duvar gibi yıkıp, yeniden yapmak, diye mırıldandı.

— Benimle gelebilirsin Kemal. Tabiî kafandaki o bozuk düşünceyi yıkmak şartıyle.

Kibirli, şuursuz ve asrın kendisini beğenmiş modelinin alaycı tavırları ile güldü:

— Diyelim ki mimar oldun. Bir Kemal'i yıkıp dilediğin gibi inşa ettin. Ya koskoca cemiyeti aynı teknede yoğurmak mümkün mü?

— Kemaller yıkılıp Kemaller yapılırsa, kemiyetler düzelip, cemiyetler kurarsa Hazreti Kur'an rehber, Resûlullah öncümüz olursa, değil bir nesil, bütün dünya içine düştüğü illetlerden şifaya kavuşur... Gelebilirsin.

— Demek, kabul ettin?

— Bana öyle geliyor ki ben belâmı yanım-sıra taşıyorum. Buna rağmen yine de gelebilirsin...

***

Şehrin sokaklarında yürürlerken, ikisi de neşesizdi...

Kemal yol boyu bozulmayan sükutu değiştiremeyince, iç dünyasına döndü:

Bu en büyük darbelere hedef ettiğim insanın hâlâ peşindeyim... Ondan neden ayrılamadım sanki?

Ferhat bir dolmuş durağının önünde durdu. Kemal, tıpkı gölgesi gibi kendisini takip ediyordu. Az sonra dolmuş geldi ve bindiler.

Vasıta bir hayli yol alınca Kemal sordu:

— Nereye gidiyoruz?

— Ev bulmaya.

— İyi ama gecekondulara geldik.

— Halkın arasında olabilmek, ondan kopmadan yaşayabilmek... Bundan daha huzur verici hiçbir şey olamaz...

— Anlayamıyorum seni. Lüks bir daireden çıkıp sokakları çamurlu, manzarası perişan bir mahallede mesken aramak oldukça gülünç değil mi?

— Lüks dediğin evden daha önce de, böyle bir yerde değil miydik? Oraya üç ranzalı bir kondudan gitmemiş miydik?.

— O zaman çocuktuk.

— Beğenmediğin bu yerler, nokta nokta memleketimizdir. Unutma ki bu yıkık dökük dediğin evlerde tasada ve kıvançta beraber olduğumuz insanlar oturuyor.

— Onları hakir görmedim ki...

— Zaten Mevlâ'nın lûtfedip yarattığı hiçbir varlığı hakir görmek hakkımız değildir.

Ahşap, içi sıcak bir ev kiralamışlardı. Eşyalarını taşıyıp o geceye orada girdiler.

Kemal'in son kurtuluş umudu, yine Bahar oluyordu. Ne var ki eskisinden daha korkak ve tedirgindi.

— Gazeteleri okuduysa... Ferhat'ın fotoğraflarını görüp tanıdıysa...

Bu istifhamlar onu ürkütüyordu. Yine de görmekte fayda olduğunu düşündü... Kafasında Bahar'ı gayelerine âlet etmek için planlar kurarken Ferhat'ın yüzüne bakıp gülümsedi.

O paslanmış vicdan sızlamıyor, utanç duymuyordu.

Ferhat çalışabileceği bir iş düşünüyordu. Fakat tanıdığı her sima İbrahim Bey'in muhitinden bir dostuydu.

— Olmaz, diye söylendi. Daha başka yollar aramalı.

Birden, aklına küçük Hakan ve hoca hanım geldi...

* * *

Hoca hanım, Ferhat için üzülmüştü. Çareler düşünürken aklına eski bir talebesi geldi.

— Buldum, dedi. Belki pek uygun olmayabilir ama, size iş verebileceğini zannediyorum. Oldukça da zengin bir şirket.

Telefona sarılıp, söz konusu şirketi aradı.

Suna Hanım, diye hitap ediyordu. Önce hatır sordu. Ahizeyi kapatırken sevinçli gözüküyordu:

— Tamam, dedi. İkinizi de işe alacak. Yalnız, bazı hususlarda bilginiz olsun istiyorum. Kendisi genç ve güzel bir dul. Şirketin sahibi olan yaşlı bir adamla evlenmişti. Adam, çok geçmeden öldü. Koskoca şirketin sahibi oldu. Şimdi tek başına yönetiyor. Gönül işlerine fazla önem verdiğini duyuyorum. Biraz dikkatli olmanız gerekiyor.

* * *

Hayatlarında yeni bir gün daha doğuyordu... İkisi birden söz konusu olan şirketi bulup, Suna Hanım'ı sormuşlardı... Makamında, ikisini birden kabul etti.

Sarıya boyanmış saçları, ojeli tırnakları ve boyalı dudaklarıyle asrın takdir ettiği bir manzarayı teşhir ediyordu. İkisini de tepeden tırnağa kadar süzdü. İlk sorusunu soruyordu:

— Daha önce nerelerde çalıştınız?

Ferhat cevapladı:

— Büyük bir şirketin yöneticisiydim. Kemal de son günlerde aynı şirketin personel müdürlüğüne getirilmişti..

— Neden ayrıldınız?

— Mecburiyet hasıl oldu.

— Sır mı?

— Pek sayılmaz.

Gözlerini Ferhat'ın üzerinden bir an bile ayırmıyordu. Israrlı bakışları onu utandırmıştı.

— Pekâlâ, dedi. Size yardımcılığımı veriyorum. Kemal bey de personelde boşalan bir memuriyete verilsin. Yarın odalarınız hazırlanmış olur. Maaş durumunu da o zaman görüşürüz.

* * *

Yeni işlerine başladıktan bu yana, ikinci maaşlarını alıyorlardı. Kemal kaldıkları evi beğenmediğini hatırlattı:

— Artık iyi bir eve çıkmalı. Bu ahşap bina bize göre değil.

— Belki sana göre olmayabilir ama, sanki benim için özel yapılmış gibi. Gösterişten, kibirden, «desinler»den uzak kalan bir mahalle... Onlarla dertleşmekten, sohbet etmekten hoşlanıyorum.

Kemal sinirlendi:

— Zaten başka işimiz kalmadı. Dairede iş, evde din...

— Seni zorla bağlayan yok ki... Dilediğin yere gitmekte serbestsin.

— Dediğin günler fazla uzak sayılmaz. Kim bilir belki de yarın...

— Yine şu sonu gelmeyen hayaller mi?

— Sana göre hayal olabilir. Gerçekleştiği gün sana büyük bir sürprizim var. Şaşıp kalacağın kadar büyük.

— Yarın tatil. Bol bol uyuyabilirsin. Tabiî, hayallerin fırsat verirse demek istedim.

* * *

Bahar ders çalışmaktan yorulmuştu. Kitabını kapayıp mutfağa geçti.

Melek Hanım yemek telâşına düşmüştü. Buzdolabını açtı, etin tükendiğini görünce, Bahar'dan rica etti:

— Kasaba kadar gidebilir misin?

— Neden olmasın? Hem biraz açılırım.

Henüz kuşluk vaktiydi. Bahar kasaba girip bir kilo kıyma istedi.

Kesildi, kıyıldı ve tartıldı. Paket, yağlı kağıdın üstünden eski bir gazete parçası ile sarılıp önüne uzatıldı.

Evin yollarını adımlıyordu. Gözleri elindeki paketin üzerinde çakıldı kaldı. Önce bir Fotoğraf sonra büyük puntolarla yazılmış isim.

Satırları kararsız bir çabuklukla okumaya çalıştı:

— Kendisini evlât gibi okutup büyüten adamı kurşunlarına hedef seçen FERHAT TUNALI.

Fotoğraf göz yaşları içinde defalarca baktı. Yolların ortasında:

— Olmaz, olmaz, diye hıçkırıyordu. Ben nasıl böyle bir gaflete düştüm?.

Kökünden sökülüp devrilen ağaçlar gibiydi. Buruşmuş ve yıpranmış gazete parçalarını alıp, odasına çekildi.

Sahte bir kardeşe hasretle sarıldığını, defalarca para verip birlikte dolaştığını düşündükçe hem kendisine lânet etti hem de ileride affedilmez bir hataya düşmekten kendisini, araya bir gazete parçasını vesile yaparak, kurtardığı için Rabbine şükretti.

Şimdi esas kardeşini bulabilmenin çarelerini arıyordu.

Saatine baktı, onikiyi geçiyordu. Çarçabuk üzerini giyinip çantasını koluna taktı. Bahçe kapısından dışarı çıkıp, ana caddeye doğru yürüdü. Dolmuş durağında duraklayıp vasıta beklerken, camiden çıkıp, evlerine dağılanları seyretti. Durakta kendisinden başka kimsecikler yoktu.

Az sonra arkasından ayak sesleri ve ürkek bir ses duyuldu:

— Bahar.

Şaştı. Kafasını yavaşça arkaya çevirip, sesin sahibini aradı. Önce telaşlandı, kızardı. Ne yapacağını bilemiyordu. Sinirleri boşalmıştı. Karşısında dikilen adama iğrenerek baktı:

— Daha ne istiyorsun benden?

— Arsa satıldı mı, diye sormaya geldim.

— Arsa daha satılmadı ama, sana büyük bir müjde vermek isterdim.

Sevinmişti:

— Ev mi satın aldın yoksa?

Çantasını açıp içinden bir gazete parçasını çıkardı. Üzerindeki Fotoğrafı resmi ona gösterip:

— İyi bak, dedi. Belki tanırsın.

Ağız dolusu bir tükrüğü Kemal'in suratına iğrenerek fırlatırken Kemal şaşkına dönmüştü.

Bir anda değişmişti.

— Kımıldar ya da aksi bir harekette bulunursan, hiç acımadan kurşunlarım. Şimdi önüme düşüp benimle geleceksin.

Bahar korkmuyordu. Ölmeyi iğrenç bir zulümden daha sevimli bulmuştu. Elindeki çantayı Kemal'in ense köküne yerleştirirken:

— Karaktersiz, diye bağırdı...

Kemal yediği darbenin tesiri ile sallanırken, camiden dönenler hayret komasına girmişlerdi.

Her hareketi, son fırsatı değerlendirmek niyetini taşıyordu. Bahar'ın kolundan tutup kudurmuş gibi kendisine çekti.

— Benimle geleceksin, yoksa gebertirim seni.

Caddenin ortasını imdat sesleri inletirken, eli bastonlu ihtiyarlar bile koştu.

— Vurun namussuza...

— Musallat olmuş kıza, bırakmayın...

Kurtuluşu ölürcesine kaçmakta bulmuştu...

Akşam kürkçü dükkânına döndüğünde, ümitleri kırık, rengi uçuktu.

Ferhat boynundaki sargıya bakıp sordu:

— Düştün mü?

— Düştüm. Ayaklarım dolaştı.

— Önünü göremeyen insanlar suçu ayaklarına yüklermiş.

Ferhat'ın suratına bakarken öfke doluydu. Susmayı tercih etti.

MÜSLÜMANLAR SEVMEZ Mİ?

Günler sular gibi akıp geçiyordu.

Kemal başka bir ev tutup Ferhat'tan ayrıldı... Ferhat'ın Hukuk'ta son senesiydi.

Suna Hanım okul arkadaşı, şirketinin memuru, sırdaşı durumunda olan bir kızla konuşuyordu :

— Yine zor durumdayım Nazan. Engelleri aşabilmem için yardımına ihtiyacım var.

Nazan, arkadaşının hissiyatını yakînen biliyordu. Hem de onun tüyler ürpertici bir cinayetine âlet olmuştu :

Suna, Nazan'dan dinlediği bir hikâyeyi aynen kocasına tatbik etmişti. Onu gıdıklayarak bayıltıp öldürmeyi başarmıştı. Nazan'dan yine akıl sordu :

— Ben galiba Ferhat'ı seviyorum.

Nazan durakladı. Yüzünden vicdan azabı çektiği anlaşılıyordu.

— Bence yersiz bir arzulayış, diye acındı... Ferhat size uygun bir koca olamaz. O İslâmcı bir delikanlı. Yani siyasilerin pan İslâmist dedikleri cinsten bir genç.

Suna katıla katıla güldü :

— Hayatta bu kadar cahilce söylenmiş bir söze rastlamadım.

— Niçin... Bize baş olan insanlar dindar birisine çatarken, o pan İslâmist demiyor mu?

Benim bildiğim bir insan, ya dinli olur ya dinsiz. Dindar bir insan, dininin şartlarına uyan insandır. Bir ticaret adamını düşün. O şahsa:

— Tam ticaret kafasına sahip, denilse. Bundan iyi bir ticaretçi olduğu ortaya çıkar.

— Endişem sadece o değil. Düşmanının dahi kötülük düşünemeyeceği kadar yakışıklı. Üstelik bir o kadar da dindar demek istedim. Fikriyatına tezat teşkil eder. Ona hiçbir zaman uyamazsın.

— Daha iyi ya işte. O bana uyar.

— Sanmam.

Alaylı alaylı güldü:

— Unutma ki güzel bir dulum. Benim cazibem ve zenginliğim inançlarını ona ihmal ettirecek kadar güçlüdür.

— Kendinize olan büyük güveniniz, fena sayılmaz. Bana kalırsa fazla ümitlenmemenizi tavsiye ederim...

— Mektebini bitirmesini bekliyordum. Fakat bu sözünün üzerine yarından tezi yok yanıldığını sana göstereceğim.

Suna, o günün gecesini sabaha zor bağlamıştı. İşe gelir gelmez Ferhat'ı telefonla yanına çağırdı:

— Hususi bir görüşme, deyip ahizeyi kapadı. Ayağa kalkıp kendisine çeki düzen verdi. Aynanın karşısında arz-ı endam ederken, kibirle doluydu. Az sonra odanın kapısı vuruldu.

— Gel, diye seslendi.

Ferhat, her içeri girişinde, açtığı kapıyı kapatmazdı. Yine öyle yaptı.

Suna bugün aynı harekete müsâde etmiyordu:

— Kapıyı kapatır mısınız?

Şaştı:

— Açık kalmasında bir mahzur yok sanırım.

— Bence var.

— Kusura bakmayın. İnançlarım sebebiyle bana mahzur teşkil ediyor.

Daha ilk hamlede mağlup sayılıyordu.

— Pekâlâ, dedi. Öyle olsun. Oturmaz mısınız?

Gözlerinin içine bakan arzu dolu pırıltılardan, tedirgin olmuştu. Bakışlarını önüne yıkıp hassas bir sesle hitab etti:

— Sizi dinliyorum.

Suna, lâfın neresinden başlasın bilemiyordu:

— Özel bir mevzu... İki arkadaş gibi konuşmak istiyorum.

— Duyduğum kadarıyle nişanlınızdan ayrılmışsınız.

— Doğru.

— Suratınıza bir yüzük fırlatılmış.

— Hakkımda çok şeyler öğrenmişsiniz.

— İnsanlar kıymet verdiği kimseler hakkında, mâlumat sahibi olmak isterler. Evlenmeyi düşünüyor musunuz?

— Şimdilik hayır.

— Karşınıza mükemmel bir kısmet çıkarsa?..

— Kesin bir kararım yok. Hem bugünden, yarınları istenilen ölçüye vurmak mümkün değildir.

Yüzü gülmüş, kendisine olan güveni bir kat daha artmıştı:

— O zaman açık konuşmakta fayda var. Seninle aynı yaşlarda sayılırız. Güzelim, servetim var ve dulum. Benimle evlenmek istemez misiniz?

Damarlarındaki kan, beynine seller gibi hücum edip dibek dövdü... Yüksek bir tansiyon, alev alev yanan gözlerinde şimşekler çaktırırken güçlükle ayağa kalkabildi.

Gidiyordu... Suna Hanım hayret komasına girmiş, güvenini tamamen yitirmiş gibiydi.

— Dur, diye bağırdı. Nereye gidiyorsun? Hayatta böyle bir fırsatı elinden kaçırabilecek insan düşünülemez.

Güzelim, herkes bana hayran. Zenginim, her imkân benimle beraber. Kaldır o utangaç gözlerini de yüzüme bak. O zaman hayır diyemeyeceksin. Cazibeme kapılıp beni taparcasına seveceksin.

Yüzü acı dolu çizgilerle kırışmıştı:

— Biz, varlığı başka bir varlığa muhtaç olmayan Allah'a taparız. Üstelik pazarlık konusu edilen evlilik, bize göre değildir. Kendimize eş seçerken, haya perdesini yırtmamış, ar damarını çatlatmamış kimseleri ararız...

— Koca softa, diye öfkelendi. Körler bile dünyayı sizden iyi görürler. Âşık olurum korkusuyla yüzüme bile bakmıyorsun. Korkuyorsun benden, yalan mı?

— Öyle değişik bakıyorsun ki günaha girerim diye çekiniyorum.

Yürüdü. Arkasına bakmadan gidiyordu. Suna acı bir çığlıkla Ferhat'ı yeniden durdurdu:

— Gitme diyorum sana. Başladığımız işi bitirmedik daha...

Yumuşadı. Oturduğu koltuğun üzerinde pelte pelte kaldı:

— Sevmenin müslümanlığa ne zararı var? Söylesene müslümanlar hiç sevmezler mi?..

Acı acı gülümsedi. Arkası yarı dönük bir şekilde duyduğu sözleri cevaplamak istiyordu.

— Severler, dedi. Ancak bizde insanın insana olan sevgisi sınırlıdır. Sonsuzluğa uzanan tek sevda Allah sevgisidir. Hem inanmış insanların sevgisi başka türlü olur. Haya sahibi, edeplileri tercih ederler.

— İnat etme ne olur. Sevdim seni. Şimdiye kadar bütün dediklerim oldu. Eğer reddedersen perişan olurum. Bak bak istersen değişik bakıyor dediğin gözlerime. Hayat dolu... Bırak şu asılsız duyguları. Beni dinle. Her şeyimle senin olmaya hazırım. Sen kendine işkence etmeyi yaşamak mı sanıyorsun? Hayat senin tanıdığın gibi değil küçük bey, gençliğinin kıymetini bil.

— Siz, diye öfkelendi. Rezaleti yaşamak bilen acizler, dünyayı tanıdığını sanan cahiller... Yer altındaki köstebekler bile yaşadığınız dünyayı sizden iyi tanır. Kör dediğin insanlar bile Yaradan'ın varlığını görür, itaat ederler. Sizler bu âlemi körler ve köstebekler kadar bile tanıyamamışsınız.

Yeniden gitmek için harekete geçti ve edepsiz bir çığlık onu yeniden frenledi.

— Ferhat, diye hıçkırdı. Dur diyorum sana.

Bu ses sert bir emir gibiydi.

— Gitme diyorum sana. Buna yalvarmak bile diyebilirsin. Bak, gururumu ayaklarının altına serdim. Çiğneyip geçme. Bunca hakaretinden sonra, yine diyorum ki :

— Benimle evlenir misin?

— Hayır.

Elini dudaklarının üzerine koyup :

— Sus, dedi. Birdenbire karar verme. "Evet" diyebiliyorsan gidip masamın başında otur. Akıllı hiçbir insan böyle parlak bir teklife hayır demez.

Şayet cevabın "Hayır" olacaksa işten kovuldunuz.

Ferhat odadan ayrılırken Nazan hemen kapının önünde belirmişti.

İçeri girdiğinde arkadaşını ağlıyor bulunca, durakladı:

Nazan'ın geldiğini farketmiş olmalı ki, kafasını kaldırıp, yenilgiyi hazmedemeyen bir çehreyle baktı.

Islak gözlerini mendiliyle kurularken üzüntülü bir sesle mırıldandı :

— Gidip bakar mısın, odasında mı?

Nazan elinde bir kâğıt parçasıyla geriye dönmüştü.

— Gitmiş, dedi.

— Elindeki kâğıt ne?

— Size bir not bırakmış.

— Okur musun?

Nazan satırların üzerinde gözlerini gezdirirken, duygulu bir sesle notu okumaya başladı :

" Gönlüm zengin, aza kanaat ederim.

Namerdden mâişet dilenmekten ise, ölümü tercih ederim.

Yaşamak için gönlüm yaralı değil.

Çünkü rızkı, Kerim olan Cenabı Hakk'dan bilirim."

Dudaklarının arasından alev alev bir söz çıktı :

— Gitmiş.

* * *

Ferhat'ın şirketten ayrılışı bir saat içinde dillere destan olmuştu.

Suna acılarının, müthiş yenilgisinin arasında, Kemal'i düşünüyordu.

Yanıbaşında dikilen Nazan'a kesin bir emir verdi :

— Kemal'i bana çağır.

Nazan kararsızlık içinde çırpınıyordu...

— Sana bir hikâye anlattım, cinayetine âlet oldum. Şimdi kendine ikinci bir kurban bulmamı istiyorsun.

— Sana ne demişsem onu yap...

Kemal endişe doluydu. Kuşkulu adımlarla Suna'nın makam odasına sürüklendi.

Onu öfkeli ve üzgün bulunca tedirginliği daha da artmıştı.

O mağrur ve pırıltıları ıslak gözler, Kemal'i itina ile süzdü :

— İşinden memnun musun?

— Oldukça. .

— Demek memnunsun?

Durgunlaştı ve sarardı :

— Ama bu haksızlık olur. Ferhat'ı kovdunuz diye beni de kovamazsınız.

— Seni kovan da kim? Tabiî anlaşırsak, demek istedim.

ALTUN NESİL

Hayatın meşakkatleri o insanlık timsali genci yıldıramamıştı.

Her zaman kırılmayı tercih etti. Ancak eğilmedi.

Cinnet getirmiş cemiyetin arasında, imanını her geçen gün biraz daha beslemeye çalıştı.

Adalet ve dürüstlüğü, imanı ve irfanı şiar edinmişti. Doğru bildiği yoldan geri dönmeyi hiçbir zaman düşünmedi.

Suna'nın sözleri, günlerdir kulaklarında yankılanıp durdu.

— «Müslüman sevmez mi?» diyordu. O da sevmişti. Ancak kendisine yasak olan bir kimseyi değil...

Çetin bir imtihan verdiğinin farkındaydı. Sadece darda kaldığı zamanlar değil, o her zaman Yaradan'a sığınmasını bilirdi...

Öğrencisi bulunduğu Hukuk Fakültesinin son imtihanından geliyordu.

Artık, bir yüksek okulun etiketine de sahipti. Geriye güç bir mesele daha kaldı: Staj.

— Allah kerim, dedi.

Şirketten ayrıldıktan sonra işportacılık yapıp, çorap satarak maişetini temin ediyordu. Evet, o en doğru olanı yapıyordu. Rızkı veren Kerim Cenabı Hakk'tı. Ferhat yanılmıyordu.

Son günlerde, staj yapabilmesi için bir avukatla anlaşmıştı. Yine boş kalan zamanlarında çorap satabilecekti.

Akşam, eve erken dönmüştü. Kapının önünde emniyet görevlilerini görünce şaşırdı.

Etraftaki komşuları, çoluk ve çocuk orayı mahşer yerine çevirmişlerdi. Ferhat'ın geldiğini görenlerin arasında üzüntülü bir kaynaşma başladı.

Ne olmuştu buralarda?.. Emniyet görevlilerinin ne işi vardı?..

Yorgun kafasında bir sürü sorular gelişirken kalabalığa yaklaştı.

Kendisini görenler :

— Férhat, diye fısıldaşmaya başlayınca, emniyet mensupları gelen şahsın Ferhat olduğunu kolaylıkla anlamışlardı.

İlgili memur kalabalığın arasından bir tanesine sordu :

— Gelen delikanlı aradığımız şahıs olmalı...

— Düşündüğünüz gibi memur bey.

Polis Ferhat'ın önüne gerilip yol vermedi :

— Ferhat Tunalı sen misin?

— Evet.

— Evinizi arama kararı aldık.

— Hangi sebepten dolayı.

— Ayrıldığınız şirketin sahibi, kıymetli mücevheratını çaldığınızı iddia ediyor.

Hayretler içerisinde kalmıştı.

— Ben mi? diye yutkundu.

— Evet.

Derin bir nefes alırken iskeleti yıkık dökük bir manzarayı andırıyordu.

— Buyurun, dedi. İstediğiniz şekilde arayabilirsiniz.

Ekip kapısı açılan evin, iki odasını da titizlikle karıştırdı. Hiçbir şeye rastlayamamışlardı. Genç bir polisin gözleri banyodaki su ızgarasının üzerinde kaldı.

Ortalık kuruydu. Buna rağmen ızgaranın uygunsuz kapatılışı dikkati çekiyordu.

Ayağının ucuyla ızgarayı itekleyip açtı. Gözbebekleri hayret pırıltılariyle kaynaşıyordu...

Eğildi, bez parçasına sarılı bir paket çıkardı. Düğümü çözdü. Ekibin gözleri önünde açıp teşhir etti.

— İşte burada, diye haykırdı.

Ferhat divaneye dönmüştü. Ne söylesin, nasıl hareket etsin bilemedi. Bütün kelimeler kursağında kurumuşçasına sustu. Öyle ki dudakları bile çatlak çatlak yarılmıştı.

Bileklerine kelepçeler vurulup nezarete götürülürken kalabalığın arasından geçişi, görülmeye değerdi.

Mücevherler Suna Hanım'ın eline teslim edilince deliye dönmüştü.

— Yemin ederim, en kıymetlileri bunların arasında değil, diye hırçınlaştı. Bana mücevherlerimi getirin.

Kemal'in suratına öfkeyle bakarken dişlerini kırarcasına sıkıyordu.

— Sahtekâr, diye bağırdı.

Polisler bu sözün sahibini bilemediler ama, Kemal kafasını yavaşça önüne eğmişti. Polisler yanlarından ayrılınca, ellerini akrep kıskacı gibi Kemal'in yakalarına yapıştırıp sordu :

— Nerede bunun geride kalanları?

Suna'nın ellerini yakasından iteklerken :

— Hissemi peşin aldım, dedi. Eğer biraz daha hırçınlaşırsan, her şeyi olduğu gibi anlatırım. Tabii, bu da seni pek memnun etmez. Ferhat dışarı, ikimiz içeri. Ne dersin?..

— Kalleş, diye öfkelendi...

Kapı, arkasına kadar açıktı ve Nazan onları dinliyordu. Bir müddet ikisine birden iğrenerek bakıp odasına çekildi.

* * *

Ufaklık şirkete telefon edip Ferhat'ı aradı... Aldığı cevap onu üzmüştü... Koşarak gidip hoca hanımı haberdar etti...

— Şirketten ayrılalı çok olmuş şimdi de hapiste dediler.

— Ne, Ferhat hapiste mi?

— Evet. Yarın da mahkemesi varmış.

Üzülmüştü... Yüzü acı yüklü çizgilere yataklık ederken :

— Suna, diye homurdandı...

* * *

Sanık, üzerinde ısrar eden gözlerin işkencesini çekiyordu.

Kemal, hatta şikâyetçi Suna Can Hanım bile tedirgin görünüyordu.

Nazan, Ferhat'a baktıkça göz mercekleri, acı biber dökülmüş gibi yandı.

Vicdan azabından doğan hararet, gövdesini alev alev dağlarken hâlâ bitkin bir şekilde kararsızlık içinde çırpınıyordu...

Hoca hanım ve ufaklık mahkeme salonuna gelmişlerdi. Az sonra hâkim tahta çekicini önündeki masaya vurarak duruşmayı açtı.

Savcı iddianamesini okudu ve hâkim Ferhat'a sordu :

— Ayağa kalk bakalım, Ferhat Tunalı. Soygunu nasıl yaptığını bize anlat.

Yorgun bir hareketle yerinden doğruldu. Kalabalığın içinde Kemal'i bulup ona nefretle baktı.

Hâkim sorusunu tekrarladığında, bakışları hâlâ Kemal'in gözlerinin içindeydi...

Kemal âdeta ezici bakışlardan kaçmak istiyordu... Bu hal ona neler neler anlatmıştı. Sükûtunda bile derin mânalar gizliydi. Hâkim kızdı:

— Konuş, diye öfkelendi.

Ferhat, Kemal'in anlayacağı biçimde nesi varsa anlatmıştı. Hâkimin sorusuna karşılık vermeyi bile lüzumsuz buluyordu.

Hâkim:

— Suna Can, diye seslendi. Olayı sizden dinleyelim.

Önce kekeledi, sonra kendisini toparlayıp açıldı:

— Şirketimde çalışıyordu. Ona yardımcılığımı vermiştim. Bir gün odamda otururken içeri girip tek kelime konuşmadan tecavüze yeltendi.

Odanın içine fazla gelen bir ses, kulakların zarlarını tırmaladı:

— Yalaaaan...

Ferhat bağırıyordu.

Hâkim:

— Sen sus, diye öfkelendi.

— İftiranın bu kadar âdisini dinlemeye tahammül gösteremiyorum.

Hâkim, elindeki tahta çekici önündeki masaya üç defa vurup:

— Sus, diye bağırdı. Sıran gelince konuşursun.

— Devam ediniz Suna Hanım.

— Gerisini anlatmama terbiyem müsâde etmiyor. Servetime, dolayısiyle namusuma göz dikmişti. Kendisini işten kovdum... Akabinde fırsat bulup bu soygunu gerçekleştirdi. Bana geri getirilen mücevherler, gelmeyenlerin müjdesi dahi olamaz. Meselenin tamamına Kemal Budak ve Nazan Çelik şahittirler.

— Oturunuz. Kemal Budak. Olay hakkında bildiklerinizi anlatınız.

Doğrulup ayağa kalktı. Çenesi dahil, bütün vücudu titriyordu:

— Suna Hanım ne söylemişse doğrudur. Ekleyecek başka sözüm yok.

— Oturunuz. Şâhit Nazan Çelik, sizi de dinleyelim.

Düşmanları bile ona kötülük düşünemez, diyen kadındaydı sıra...

Bütün gözler üzerinde ısrar edince sıkıldı, utandı. İlk defa böyle bir yere gelmişti. Önce vicdanının sesini dinleyip, sonra konuştu:

— Sayın hâkimler, buraya bir gerçeğe şahitlik etmek için çağrılmış bulunuyorum.

Yalanların zafer kazanıp, gerçeklerin öldürüldüğü, iyilerin zulme terk edilip kötülerin alkışlandığı bir cemiyetin mensuplarıyız.

Mahkemenizin şu ana kadar, büyük bir yanlışın doğruluk kazanma noktasına getirilmek istendiğini görmekten azap duydum.

Mâsum bir insanın mahvını hazırlamaya yardımcı olmaktan Allah'a sığınırım.

İstifası dört mısradan ibaret olan sanık, bakın neler söylüyor: "Gönlün zengin olsun, aza kanaat et. Namerdden maişet istemekten ise, ölümü tercih et. Yaşamak için gönlün yaralı olmasın. Rızkı, Kerim olan Cenab-ı Hak verir."

Dinleyicilerin arasında önemli kıpırdamalar başlamıştı. Yaşlı hâkim fısıltılara son vermek için çekicini önündeki tahtaya vurdu:

— Susalım. Anlat kızım.

— İsterseniz çok öncelerden başlamam gerekiyor. Gerçek suçlu okul arkadaşım şirketin sahibi Suna Can'dır. Altmış yaşında zengin bir iş adamıyla evlenmişti. Onu sevmiyordu. Zenginliği için ona katlanıyordu. Kısa zamanda ondan kurtulmanın yollarını aramaya başladı. Önce şaka yaptığını zannettim:

— «Nasıl kurtulmalı» diye sorunca, kendisine garip bir hikâyeyi anlattım:

Çocuğun biri, küçük kardeşini avutmaya götürmüş. Güldürmek için gıdıklamış. Güldükçe hoşuna gitmiş ve aynı hareketi devam ettirmiş. Ne var ki bu, çocuğun ölümüyle neticelenmiş.

Ertesi gün aynı olay ihtiyar adamın başına geldi. Ve Suna Can, bana teşekkür ederek hadiseyi anlattı. İşini tabancasız ve bıçaksız, her bakımdan emaresiz olarak tamamlamıştı.

Suna fenalık geçirecek duruma gelmişti.

— Nazan, diye haykırıp salonun içinde fırtınalı bir çığlık kopardı...

Yaşlı hâkim hayretler içinde hadiseyi dinliyordu:

— Susun, diye müdahalede bulundu.

— Anlat evlâdım.

— Ben bahsettiğim hikâyenin ıstırabını çekerken Suna ileri bir tarihte ikinci kurbanını seçti.

Huzurunuzda şâhit olarak dinlenen Kemal, soygun olayına alet olarak kullanıldı...

Suna kendi elleriyle hazırladığı mücevheratı paketleyip Ferhat'ın evine saklaması için Kemal'i gönderdi.

Suna fenalıklar geçirirken Kemal şeytanî fikirlerini çalıştırdı. Sessizce halkın arasından sıyrılıp salonu terketmeye çabaladı. Hemen arkasından sesler yükselmeye başlamıştı.

— Kaçtı kaçtı...

Hâkim yakalanması için emir verirken Kemal çoktan selâmete kavuşmuştu.

Mahkeme, Ferhat'ın beraatına, Suna Can'ın ve Kemal Budak'ın tevkif edilmesine karar verirken, duruşma ileri bir tarihe bırakılıyordu.

Hoca hanım ve ufaklık hayret komasındaki Ferhat'a yaklaştı. Hoca Hanım :

— Geçmiş olsun, dedi. Allah doğruların yardımcısıdır.

Ufaklık Ferhat'ın boynuna sarılıp öptü.

— Geçmiş olsun Ferhat ağabey.

— Sağolasın Hakan.

Hoca Hanım bu işte kendisini mes'ul tutarcasına üzgündü.

— Ferhat, diye mırıldandı. Gönül ister ki seni yanımdan ayırmayayım. Tıpkı ufaklık gibi... Gel gör ki delikanlısın. İnançlarımıza tezat teşkil ediyor. Ben Ferhat'ın annesiyim bile desem, diller başka türlü dönebilir.

— Sağol hocam. Bu yaşa kadar gölge verecek ağaç aramaktan bıktım. Yakında avukat oluyorum. Stajımın bitmesi yakın.

— Ya şu andaki geçimin?..

— Zaman buldukça çorap satıyorum.

— Sana anne olarak bir yardımda bulunsam sonra öderdin...

— Sağol hocam. Talep kuldan, rızık Allah'tan... Sıkıntıda değilim.

Yorgun bir ısrarın arkasından :

— Sen bilirsin, dedi. Yalnız sık sık uğramayı ihmal etme.

* * *

Kemal kaçmıştı. Ferhat, Hoca hanımla ufaklıktan ayrılır ayrılmaz, tenha sokakların arasından şükrederek ilerledi. Arkasından gölge gibi takip edildiğinden habersizdi.

Saçlı sakallı, pejmürde kılıklı bir adam, kimsesiz bir araziye varınca, yalnızlığı fırsat bilmişti. Tabancasını çekip emir verdi :

— Dur, yoksa kurşunlarım.

Dalgın yürürken aniden duyduğu tehdit dolu ses, onu sıçrattı...

Yarım bir kavis çizerek geriye dönüp, arkasına baktı.

Eli tabancalı adam titrek bir sesle hitabını tazeledi :

— Beni tanıyabildin mi?

Evet, yıllar onu eskisinden çok ayrı bir kılığa sokmuş olsa bile, bu sima Ferhat'a yabancı değildi.

— Tanıdım, dedi. Kanun kaçağı bir katilsin. Babamı ipe çeken, annemin yüz karası biraderisin. Git buradan. Hâlâ ne istiyorsun?

Pejmürde kılıklı adam, acı acı gülümserken :

— Seni, diye mırıldandı. Sadece seni. Yıllardır aç, susuz, uykusuz seni aradım. Hamallık ettim, yıllardır kanundan kaçtım. Benim emsallerim aftan faydalanıp çıktı, bense hep seni aradım. Seni karşıma çıkarması için Allah'a dua ettim. Sonunda kabul etti.

Yüksek bir sesle :

— Al şu emanetini. Ben de rahatlayayım...

Ayağının dibine ağır bir paket düşmüştü. Adamın elindeki tabanca da ayak parmaklarının ucuna...

Ferhat neye uğramıştı, bilemedi. Önce tehdit savuran, sonra pişmanlık duyan insanın gözlerinden dökülen yaşların mânâsını çözmek güçtü. Şaşırdı.

— Nedir bu paket? diye sordu.

— Babanı ipe çekerken çaldığımız paralar. İnan bana Ferhat, bütün suç ağabeyimdeydi. Ben de yardım ettim. O zaman ne almışsak hepsi paketin içerisinde. Kıymet kaybetmesin diye altına çevirmiştim. Al emanetini. Ben de dünya mahkemelerinin vereceği cezamı çekmek için gidiyorum...

Ferhat üzerindeki şaşkınlığı hâlâ giderememişti. Dayısına bön bön bakıp:

— İnanamıyorum, diye mırıldandı.

Hassas bir ses sorulaşıyordu:

— Senin o taş kalbini hangi ilâç yumuşattı?

Cevaben sadece:

— İslâm, dedi.

— Hayret. Bir tatlı lisan mı, yoksa hissiyatın mı seni böyle İslâm'a bağladı?

Göz merceklerinde, yılların hâtırası şeritleniyordu:

— Ağabeyim yakalanmıştı, diye başladı. Para paketi bende kalmıştı. İyice hatırlıyorum. Karanlık bir geceydi. Çocukları ve analarını özleyip eve geldim. Hasret bana her tehlikeyi unutturmuş gibiydi. Kapıyı çaldım. Erdem'le karşı karşıya geldim. Bilirsin Erdem seni çok severdi. Babanı da... Hasretle boynuma sarılmıştı. Yattıkları odaya gelmiştim. Elimdeki paketi farketti.

— Baba, o pakette ne var? diye sordu.

— Para, dedim. Hepinizin istikbali bunun içinde.

Yüzü geceler gibi kararmıştı.

— O kanlı paraların paketi mi? diye sordu.

— Onlar, dedim.

— Baba, diye bağırdı. Biz aç kalmaya dayanırız ama, ateşte yanmaya dayanamayız. Bize haram para değil, helâl lokma getirseydin. Yaradan'a hesap vermeyi kolay mı bildin? Al götür o ateşi, evimize sokma.

Tepemden bir kazan kaynar su dökülmüştü sanki. Hasret gideremeden, daha yüzlerine doya doya bakamadan, geldiğim yollardan geriye kaçtım. O günden beri seni arıyorum.

Ferhat yorgun adımlarla kendisinden uzaklaşan dayısının arkasından hayret ve ibretle baktı. Sadece:

— Allah yeter ki hidayete erdirmek istesin... diye düşündü.

Kemal aynı gün yakalanıp tutuklanmıştı... Mücevherler elinden birer birer alınarak... Ferhat stajı bitirdi ve Kemal cezasını tamamlayıp ceza evinden çıktı...

* * *

Aradan günler ve aylar geçti... Bir gün Ferhat yazıhanesinde gazete okurken şaşırdı kaldı...

— İş adamlarından İbrahim Çınar'ın şirketindeki para kasası soyuldu. Olayın faili olarak tutuklanan Kemal Budak, konuşmadı.

* * *

Ferhat gardiyana "Kemal Budak" diye isim verdi. Kemal, demir parmaklıkların arasından, Ferhat'a küskün küskün bakıyordu:

— Ne işin var burada?

— Ziyaretine geldim.

— Sevindin mi bari?

— Bırak şimdi çocukluğu. Söylenenler doğru mu?

— Yanlış.

— Avukat oldum. Söylediklerin gerçekse seni savunurum.

— Bu defa hiçbir suçum yok.

— Kaçarken görenler olmuş.

— Hiçbir delilleri yok, dedim.

— Dinle beni. Seni tanıdığım günden beri, hep yokuşlarda yürüdün. Yaptığın varsa benden saklama.

Kızdı:

— Git buradan.

— Seni savunmak istiyorum. İstediğin kadar kov.

— Yanlış bir iş yapmış olmaz mısın?

— Ömrümce, yanlış olan işleri yapmamak için çabaladım. Şimdi de seni savunmak, bu zindanlardan kurtarmak istiyorum.

— Suratına fırlatılan yüzüğün intikamını almış olmak için, değil mi?

Sustu...

Önüne bir kâğıt ve kalem uzatıp:

— İmzala, dedi. Avukatın olduğunu gösteren bir vesika...

İmzalarken tenezzül etmeyen bir hâli vardı:

— İşim bittiyse gidiyorum.

— Güle güle.

* * *

Ferhat'ın, Kemal'in savunmasını üzerine alışı, İbrahim Bey'e darbe vuruyordu. Esma öfkesinden dudaklarını geve geve ağladı.

— Nankör, diye homurdandı... İki çehreli adam.

Bu hanenin içinde, kızıldığı kadar sevilen Ferhat'a sitem üstüne sitem yağıyordu.

İbrahim Bey'in ağzını bıçak açmıyordu. Eşinin gözleri yaşlı ve Esma, lokması elinden alınmış çocuklar gibiydi.

Kapının zili çalınınca, Esma anne ve babasının yüzüne bakıp açmak için kalktı.

Karşısında tesettürlü, güzel bir kızı bulunca sordu:

— Kimi aradınız?

— Esma Çınar Hanımı...

— Benim, buyurun.

— Şükürler olsun, nihayet buldum sizi. Sizden birisini soracaktım.

Elindeki gazete parçasının katını açıp Ferhat'ın resmini gösterdi.

Resmi görür görmez Esma'nın yüzündeki renk atmıştı:

— Onu neden arıyorsunuz?

— Kardeşim o benim.

— Kardeşiniz mi?

— Evet.

— Uzun zamandır görmüyorum. Nerededir, ne yapar... İzini bile kaybettik.

Kapının suratına kapanışına üzülmüştü. Ümitsiz bir tavırla hayaller kurarak geldiği adresten uzaklaştı.

Baba, içeri girince, asık yüzlü kızına sordu:

— Kimdi o?

— Bir kız. Ferhat'ın kardeşi olduğunu söyleyip adresini sordu.

— Söyledin mi bari.

— Nereden bileyim...

— Yardımcı olmalıydın.

— Baba...

* * *

Ayın onaltısı... Bütün gözlerin çevrildiği mahkeme o gün başlayacaktı.

Ferhat üç senedir, Esma'yı, hatta İbrahim Bey'i ilk defa görüyordu.

Kemal'i savunacaktı. Savcı iddianameyi okurken Kemal ürkek bakışlarla etrafı taradı...

Bu ikinci mahkemesi oluyordu. Suçlanması için kuvvetli deliller var sayılamazdı.

Ferhat savunmasını aynı noktada yürütmeye başlamıştı. İsnatları birer birer çürütmeye başladı.

İbrahim Bey, en sevdiği insanın bir hırsızı müdâfaasına kızıp öfkesinden, nisbet olsun diye Ferhat'a yardımcı oldu.

Hâkimler heyetinden müsâde isteyip hararetli müdâfaayı destekledi :

— Sayın hâkimler. Görgü şâhidi bir yanlışlık yapmış olabilir. Avukat beyin müdâfaasındaki fikirlerinden aydınlanmış bulunuyorum. Şu anda hasıl olan kanaatime göre, suçlu koltuğunda bulunan genç masumdur. Kendisinden huzurunuzda özür diliyor ve şikâyetçi olmadığımı bildiriyorum.

Bu sözler, Kemal için kurtuluş, Ferhat için hayret, Esma için işkence oluyordu :

— Baba, diye hıçkırdı. Bizi düşman karşısında mağlup düşürdün.

Hâkim, Kemâl'in beraatını bildirirken, Ferhat çantasını toplayıp salonu terk etti

Kemal kendisine koşarak yetişmişti :

— Ferhat...

Geriye dönüp Kemal'e baktı :

— İyi bir ders verdin onlara. Teşekkür ederim. Artık ben de herkes gibi hürüm. Hayallerim gerçekleşti. Kuşlar kadar hürüm..

— Geçmiş olsun.

— Beraber mi gidiyoruz?

— Hayır.

— Neden?

— Bölünen elmaların birleştirilmesi, hoş bir manzara arz etmez.

— Sen bilirsin. Yapacak işlerim var. Şimdilik eyvallah.

— Güle güle

Kemal uçarcasına koşuyordu. Önce bir araba tuttu:

— Sür, dedi.

İkinci bir arabayı Ferhat kiralamıştı.

Kemal'in bindiği arabayı işaretleyip:

— Takip et, dedi.

Ferhat, Kemal'i her yönüyle en iyi tanıyan adamdı. Biliyordu ki, bu işi yapmışsa, serbest bırakılır bırakılmaz, sakladığı yere koşacaktı. Yanılmadı.

Taksiden inip bir gecekondu semtinin yüz-yüzelli metre uzağındaki boş araziden yana yürüdü. Ferhat kendisini gölge gibi takip ediyordu.

Paketi gömdüğü yerden çıkartıp etrafını gözetledi.

Ferhat beklenmedik bir öfkeyle ortaya çıkmıştı...

— Dur, diye bağırdı. Olduğun yerden kımıldarsan senin için iyi olmaz.

Artık çok geçti. Paketin içerisinden tabancayı çıkartıp, kayaları siper alarak, gecekondulardan yana koştu. Ferhat, Kemal'in peşini bırakmıyordu. Gözü dönen Kemal, fırsatını buldukça ateş etti.

Ferhat, kurşunlara aldırmayıp engelleri aşmak istiyordu. Amansız bir kurşun, sol omuzunu parçalayarak dışarı çıktı.

Olduğu yerde sendeledi. Acı içinde kıvranarak ayakta durmaya gayret ederken:

— Kemal, diye bağırdı... Duuur... Gelme üzerime.

Gecekondu kesiminde, silâh seslerini duyan halk, hadisenin nerde cereyan ettiğini ararken Kemal üzerine gelen halk kitlesini görünce, kurtuluşu, açık kapılı bir eve sığınmakta buldu.

Ferhat, Kemal'in yorgun düştüğünün farkındaydı.

Arkasından, aynı eve dalıp içeriye girdi ve soğuk bir namlunun üzerine çevrildiğini görünce, kan ter içerisinde durmak mecburiyetinde kaldı.

Evin halkı korku ve telaşla sokağa dökülürken arkasını duvara yaslayan Kemal, Ferhat'a ikazda bulundu :

— Dur. Kımıldarsan vururum. Peşimden gelmeyi bırak. Kan kaybediyorsun.

— Sen hiç adam olmayacak mısın?

— Tam olmak için hazırlanıyordum, kalleşlik ettin. Hayatımı kurtarmak için soygun yapmaya mecburdum.

— Mecburiyetler, başkalarının haklarını çiğnemek için yeterli bir sebep değildir.

— Yine din dersi vermeyi bırak.

— Bak, vurdun beni. Hem de kaç kere biliyor musun. Önceki yaralar, belki şu kanayan yaranın bin misli derinliğindedir.

Utanmış gibiydi. Kafasını önüne yıkıp çocuk gibi hıçkırdı :

— Git buradan. Allah aşkına git.

Kapının önünde biriken halk, çeşitli yorumlarda bulunurken, aralarından bir tanesi :

— Polisi haberdar etmeli, diye koştu.

Maceraperest bir gurup :

— Kendimiz yakalayalım, diye kaynaşırken, aklı başında bir ihtiyar :

— Eli tabancalı, gözü dönmüş bir insanın üzerine gidilir mi hiç? diye engel olmaya çalıştı...

Ferhat konuşmasına devam ediyordu :

— İnsan en yakın arkadaşını arkasından vurur mu?

— Git Ferhat, git buradan. Şimdi polisler gelebilir. Belki de ilk defa sana hak veriyorum. Bizler senin gibi olamayız. Temelimiz menfaat, benlik ve macera üzerine kurulmuş. Hep beni suçlu görme...

Sesi aniden düştü ve hassaslâştı. Artık duygulara hitap ediyordu:

— Neden takip ettin sanki? Bütün hayallerime kavuştuğum bir sırada... Hem, düzelebilirdim belki. Bir şans daha tanımayı neden çok gördün?

Allah rızasına en uygun bulduğum için. Hem sana çok şans tanıdım. Oysa sen, her geçen gün biraz daha bataklığa gömülmekten çekinmedin. Bak, ikimiz, sen ve ben aynı şartların çocuklarıyız. Kader ikimizi de sokakların ortasından alıp aynı hakları tanıdı. Sen kullanmasını bilemedin.

Acı acı gülümsedi:

— Senin hamurun dürüst ellerde yoğurulmuş. Temelin sağlam malzemelerle atılmış. İşte seni, bu çürük cemiyetin alçak zihniyeti bunun için yıkamadı. Zayıf bünyelerin kapıları, her türlü hastalığa açıktır. Geç anladım Ferhat. Meğer Allah'ın kanunlarını iyi bilenler, kanunsuz bile idare edilebilirlermiş. Bunun için de hep sen kazandın.

Her karanlığın, her zulmetin arkasından sanki gizli bir el uzanıp seni korudu. Belki buna defalarca şahit oldum...

— O zaman niçin kör zihniyetin köleliğini yapmaya devam ettin? Neden dürüst olmayı denemedin?

— Yapamadım. İçimde küllenen iğrenç düşünceyi, fesat duyguları yenemedim. Çekil şimdi önümden Ferhat, gitmeliyim. Kısa bir zamanda sana büyük bir müjdem var.

Kafasını iki yana sallarken:

— Gidemezsin, dedi. At o silâhı elinden.

Elindeki para paketini Ferhat'ın önüne fırlatıp:

— Al, dedi. Bunu, çaldığım insanlara teslim et. Yalnız güzellikle çekil önümden gideyim. Söz veriyorum. En kısa zamanda döneceğim.

— Bırakmam, istersen vur beni. Şayet teslim olursan, seni gerçekten savunurum.

— Güçlük çıkarma. Ölüm pahasına bile olsa gitmeliyim. İnan bana, kimseye kötülük yapmak için değil. Dağlardan yakalanıp terbiye edilen vahşi hayvanlardan daha mı huysuzum? Bir şans daha tanı bana.

Yorgun bir kıpırdanışla pencereye doğru yaklaşırken, sancılı bir adamı andırıyordu. Yere oldukça yakın olan pencereyi açarken elini tetikten çekmiyordu.

Ferhat, Kemal'e bir şans daha tanımıştı. Yalnız bu defa her zamanki gibi değil, namlunun zoruyla oluyordu.

Şansı oldukça kuvvetliydi. Dışarıdan polisin teslim ol sesleri yükselirken, o çoktan selâmete kavuşmuştu...

Ferhat elinde para paketiyle dışarıya çıkıp polisleri karşıladı.

Kısık bir ses :

— Kaçtı, diyordu. Bu da çalınan paralar. Teslim alıp, teslim ediniz.

Çalınan paraların Ferhat'ın zoruyla ele geçtiğini ve hadise anında yaralanışını duymayan kalmamıştı. Haberi alınca, Esma babasının suratına bön bön baktı.

Baba :

— Benim bildiğim Ferhat, kötü olan hiçbir şeyi savunmaz, diyordu.

İçindeki acıyı, buruk bir ses meydana vuruyordu :

— Tanıdığım en dürüst ve en çok haksızlığa uğramış insan, diye mırıldandı.

Esma, babasının zaruret duyduğu açıklamaya, iki damla göz yaşı ile cevap verdi.

— Hâlâ nişanlısı sayılırsın. Birlikte ziyaret etmeye ne dersin?

Kafasını salladı. Utanıyordu. Ettiği haksız hakaretlerden ve bühtandan dolayı:

— Gelemem, dedi. Artık onun yüzüne bakmaya cesaretim yok.

* * *

Gecenin sessizliği dünyayı sıkıntılı bir manzaraya benzetmişti. Köşebaşındaki bir binanın cümle kapısından içeri süzüldü. Yüksek bir heyecan dalgasına kapılmıştı. Merdivenleri tırmanırken, nefesinin şiddeti göğüs kafesini tehdit ediyordu.

Birinci katın caddeye bakan dairesinin kapısı önünde durup, zile bastı. Az sonra kapı açılmıştı.

Orta yaşlı dolgun bir kadınla karşılaşınca, heyecanı daha da büyümüştü. Tabancalı elini cebinden çıkartıp dalıp çıkan bir nefesle tehdit etti:

— Aksi bir harekette bulunursan hayatının sonu demektir. Blöf yapmaktan hoşlanmadığımı bilmenizde fayda var.

Tabancanın namlusu ile içeriye girmesini işaret ediyordu. Kadının korkusundan dili tutulmuş gibiydi. Sessizce önüne düşüp yürüdü.

İçeri girdiklerinde evin orta yaşlı erkeği ve sekiz on yaşlarında gösteren iki çocuk, tanımadıkları bu simaya dikkat kesilmişlerdi.

Kemal aynı odaya topladığı aileyi gözden geçirdikten sonra:

— Kımıldayan olursa vururum, diye ikaz etti.

Çocuklar, namlunun gölgesinde titrerlerken babanın asabı bozulmuştu:

— Kimsin, ne arıyorsun burada?

— Korkmayın. Uslu uslu durursanız pis canınıza dokunmayacağım.

— Ne istiyorsun, dedim.

— Evde ne kadar altın ve para varsa, hepsini...

Cebinden uzunca bir sicim çıkarıp kadının önüne tuttu:

— Çocukları ve şu herifi sıkıca bağla.

Kendisini güçlükle ayakta tutan kadın, eleri titreye titreye, Kemal'in verdiği sert emre uydu.

Yemekleri tabaklarında yarım kalmıştı. Çocuklardan bir tanesi Kemal'e nefretle bakıp hakarette bulundu:

— Pis adam.

Kemal, çocuğa baktı... Belki de hayatında ilk defa, bir sözün altında ezilmişti ve ağlıyordu. Islak gözlerini karşısında duran kadına çevirip:

— Çabuk ol, diye bağırdı.

Kadın işe kolundaki bilezikleri çıkarmakla başlamıştı. Hemen sonra çantasında ve kocasının cüzdanında ne varsa çıkartıp uzattı:

— Al. Yıllardır emek verip kazandığımız her şey bu...

Kemal karşısında boğucu hıçkırıklarla ağlayan kadına acımamıştı. İpin arta kalan kısmıyla, kadını da bağlayıp, suratına nefretle baktı. Kapıyı sıkıca kapayıp, sokakların arasından gölge gibi süzüldü. Kayıplara karıştı...

Aynı gece ikinci soygununu, aynı şartlar altında gerçekleştirdi.

Bir kız çocuğu ve karı kocadan ibaret olan aile, bağlandıkları ipi kolayca çözüp arkasından bağırmışlardı:

— Yaptıklarını çoğa ödeyeceksin. Seni cehennemde bile görsem tanırım.

Ayrı ayrı semtlerde bulunan iki karakol, aynı gece aynı şartlar altında tekrarlanan çifte soygunun ihbarını alırlarken, gelen tariflerden aynı fizik durumunda birleşiyorlardı:

— Aynı adam...

* * *

Gün iyice yükselmişti. Kemal düşerek incittiği bacağını aksatarak bir taksiyi çağırıp adres verdi.

Saat dokuz kırkbeşi gösterirken, Baharların bahçe kapısına yüz metre kala indi.

Yüzünü saklaya saklaya yollara bakıyordu. Az sonra yükselen heyecanıyla rengi kaçtı.

Bahar, evlerinden çıkmış kendisine doğru geliyordu. Yanından geçmek üzere iken, titrek bir ses hassaslaştı:

— Bahar...

Bu ses, Bahar'a yabancı gelmemişti. Korktu, titredi, nefret dolu gözlerle baktı.

— Sen, diye homurdandı. Âdi düzenbaz. Şeytanın uşağı. İblis kafalı sersem... Daha başka ne istiyorsun benden?

Cebinden, avuç dolusu mücevher ve para çıkartıp Bahar'ın önüne uzattı:

— Aldıklarımı getirdim.

Bakışları nefret doluydu:

— Kimbilir kimin canını yaktın? Kimleri soyup da bana getirdin?

Acı acı gülümseyerek devam etti:

— Hem, benden o kadar çok şey çaldın ki, dünyanın bütün mücevheratını getirsen, ödemeye gücün yetmez.

Birikmiş bir öfkeyle bağırdı:

— Git buradan âdi çocuk. Sen öyle şerefsiz bir insansın ki, kardeşime olan hasretimle alay ettin. Kardeşimin hüviyetine girip duygularımla oynadım. Yakınlık duydum, sarıldım sana. Bunların hakkını dünya kanunlarından isteyemesem bile, mahşer gününde ellerimi yakalarından asıp:

— Yarab, bu adam benim hissiyatımla, iffetimle oynamaya kalktı. Benim hakkımı bundan al, diyeceğim.

Belki şimdi yine benden kaçmayı başaracaksın. Lâkin tozların, toprakların bile Mevlâ'ya sığındığı gün, kaçacağın yer olmayacak.

Çekil git karşımdan. Senden hasretini çektiğim kardeşimin adresini bile sormayacağım.

Kemal neye uğramıştı, bilemedi... Doluktu, gözlerinden dizi dizi yaşlar boşandı:

— Artık hiç kimseden kaçmayacağım. Bugün, belki yarın bir mahkeme kurulacak. Hakkı olan gelip alsın. Sen de gel. Davetlimsin, belki o mahkemede kardeşine bile kavuşursun...

Ağlıyarak konuşmasına devam etti:

— Beni affedin demeye hakkım yok. Desem bile etmezsin. Ancak, bahsettiğin mahşer günü, Mevlâ beni çağırtıp da kullarının hakkını isterse, benim de ona söyleyeceğim var. Benim de şikâyetlerim olacak.

O, edep ve haya timsali kızın yanından uzaklaşırken, efkâr doluydu...

Sakat bacağının aksayışına, hatta sızlayışına aldırış bile etmeden, kaçarcasına gidiyordu.

Sokakların ortasında sürüklenerek giden genç, kırık noktasında takılmış plâk gibiydi.

— Ben de Mevlâ'ya şikâyet ederim. Ben de ben de ben de, diye sızlanıyordu.

O materyalist felsefenin çürük temelli abidesi, kimi şikâyet edecekti?..

Arzın üzerinde küskün adımlarla yürüyüp aynı sözleri tekrar etti. Adliye koridorundan içeri girip, salondaki boş kanepeye oturdu. Kafasında nelerin muhasebesini yaptı, bilinmez ama, yerinden kalkıp koridorun ortasında dolaşmaya başladı. Kapıların üzerindeki levhaları okuyordu.

"CUMHURİYET SAVCILIĞI" yazısının dibinde durup, kapıyı vurdu!.. Ses gelmeyince, kapıyı aralayıp içeri baktı.

Ne bu sima Kemal'e, ne de bu ziyaretçi savcıya yabancı gelmişti...

Daha üç gün önce, tutukladığı delikanlıydı...

— Yaklaş, dedi.

Sükût içinde başını önüne eğip bekledi.

— Ne istiyorsun.

— Nasıl olsa yakalayacaktınız...

— Demek suçunu itiraf ediyorsun.

— Şimdilik teslim oluyorum.

Savcı ikinci bir dosya açtırıp Kemal'i mahkemeye sevk etmişti.

Günün ilerlemiş saatine rastladığından, mahkeme ertesi güne ertelendi.

Araştırma yapan karakollara tutuklandığı bildirildi.

İbrahim Bey'e ve soygun yapılan hanelerin fertlerine davetiye gönderildi.

Hakkında tam beş dava açılmıştı. Ruhsatsız tabanca taşımak, adam yaralamak, iki haneye tecavüz ve şirket kasasının soygunu. Bunlara Bahar'ın dolandırıldığı da katılacak olursa...

CEMİYETİN YÜZ KARASI

Salon, enteresan bir dâvanın dinleyicileri ile dolmuştu.

Davacıların içinde en heyecanlıları, son iki soygunun mağdur ettiği insanlardı.

Kemal'e bakarlarken, ateş bekleyen barut fıçısından farksızlardı. Bir taraftan kadın:

— Âdi mahluk. Seni yetiştirenlere yuh olsun, diye homurdanırken öte yandan, aile reisi olan erkek.

— Sokak zorbası, kuduz köpek, diye hakaret ediyordu.

Salonda Ferhat da bulunuyordu. Şikâyetçi olmasa bile, amme davası Kemal'i bırakmayacaktı. Eski arkadaşına, o haylaz çocuğa acıyarak baktı. Soyulan aileler ve İbrahim Bey, avukat getirmişlerdi. Ayrıca Ferhat'ın Kemal'e karşı kendisini savunması bekleniyordu...

Ferhat'ın beyaz sargı içerisindeki kolu, boynunda bir süs gibi asılı duruyordu.

Esma bakarken utandı, sıkıldı.

İbrahim Bey, karşısından muhabbet selâmı gönderirken, Yılmaz:

— Enişte, diye hırçınlaştı.

İkisinin barışıklığı, onun menfaatlerini engelleyebilirdi. İbrahim Bey aldırış bile etmeden, aynı noktaya hayran hayran baktı.

Esma'nın ve Kemal'in gözleri, Bahar'ın üzerinde buluşmuştu. Ferhat, bu her iki bakışın, sabitleştiği noktayı aradı.

Pür tesettür bir genç kız, kimseye aldırış etmeden, avukatların yerleştiği mevkiyi gözleriyle taradı. Hepsi yaşlı insanlardı. Aralarında hayâlindeki insanın benzeri yoktu.

— Olamaz, diye sayıkladı. Bunların hiç birisi Ferhat olamaz.

Savcı mahkemeyi açıyordu. İddianamesini okuyup indi. Kemal'i sert bir lisanla suçlayıp, cezalandırılmasını istedi. Daha çok, yaralama olayı ağır basıyor ve bu suçtan dolayı yirmi yıl hapsi isteniyordu. Kemal göğüs geçirerek Ferhat'a baktı:

— Yirmi yıl, diye dudaklarını araladı. Dile kolay. Dünyanın bütün serveti toplansa, ömrün yirmi yıl öncesini geriye çeviremez. Buna zindanların işkence dolu günleri de eklenirse, çekilmez olur.

Daldı. Merhamet dilenen çocuk gibi etrafına bakınıyordu. Mahkeme birleşik dosyaların hepsine bakma kararı almıştı.

Hâkim sordu:

— Savcının iddianamesini dinledin, itirazın var mı?

Hâkimin yüzüne durgun bir nazarla baktı ve sustu.

Hâkim, soru üzerine soru yeniledikçe, o garip bakışlarını, kaç yerde birden misafir ediyordu.

Konuşmak istemeyince hâkim dâvacıların bilgilerine başvurdu.

İbrahim Bey'in avukatı suçun sabit olduğunu, delillerin ortada olduğunu savunup oturdu.

Sıra Ferhat'a geliyordu. Hâkim ismini okudu:

— Ferhat Tunalı. Sanığın sizi yaralama olayı nasıl oldu?

Bahar irade dışı bir hareketle ayağa kalkıp, yeniden oturdu. Kalabalık geçilmez olmuştu. Hem, yanına yaklaşabilmek bile imkânsızdı. Hasret dolu günlerin tükenişi, kardeşini tanıyışı bile hadise doluydu.

Ferhat'ın yaralanışına sebep olan Kemal'i fark eder etmez yeniden ayağa fırladı:

— Hâkim bey sanık koltuğunda oturan namussuzdan ben de şikâyetçiyim.

Hâkim tahta çekicini önündeki masaya vurup:

— Otur, dedi. Şikâyetlerin usûlü vardır.

Bahar utandı, sıkıldı ve oturdu. Hüzün doluydu, önüne baktı.

Ferhat bu genç kızın kim olduğunu düşünüyordu.

Gözleri, utancından terleyen genç kızı, bakışlarıyla tedirgin ederken hâkim yeniden Ferhat'a döndü.

— Anlatın.

— Kendisini kovalarken ateş etti.

— Sonra?

Herkesi şaşırtan bir cevap verdi.

— Şikâyetçi değilim.

İbrahim Bey, bu konuşmayı sürpriz saymamıştı. Hâkim, Ferhat'a:

— Otur, dedi.

Sıra peş peşe yapılan soygunlara geliyordu:

Kâmil Budak.

Kırksekizlerinde bir adamdı. Yerinden doğrulup ayağa kalktı. Bu isim Ferhat'a hiçde yabancı gelmiyordu. Dikkatle ismin sahibine baktı. Adam konuşmaya başlamıştı:

— Aslında buna soygun denilemez. Cinayet baskın, zorbalık ve küstahlık derler. Başkalarının huzurunu bozup, zincire vururcasına bağlayıp soymak...

Bu cani bizi soydu Hâkim bey. İzzeti nefsimizi, şerefimizi, her şeyimizi ayaklar altına döküp çiğnedi. Cemiyet içinde yetişen bir diken bu. Sanki huzur bozup insanlara işkence etmek için yaratılmış bir insan tipi. Cezalandırın bunu Hâkim bey, idam edin. Hiç değilse cemiyetten bir mikrop eksilmiş olur.

— Otur...

— Ayşe Gülen. Siz de şikâyetinizi anlatınız.

Ayşe Gülen az önce konuşan adamı, tepeden tırnağa süzdü. Kibirli bir tavırla dudak büküp, kızgın bir lisanla söze başladı :

— Bu iğrenç olayı ömrümce unutamam. Bizi o gül kadar nazik çocuklarımızla, hayvanlar gibi üst üste bağlayarak soydu.

Huzurunuzda vahşet timsali insana soruyorum :

Anası babası, ona hiç insanlık öğretmemişler mi? Onlar öğretmediyse bile, cemiyet içindeki medeni insanları görüp örnek alamamış mı? Bu canavar ruhlu insanı, sokakların ortasına muzır olsun diye mi doğurup bırakmışlar, merak ettim. Bu canavarın, en ağır cezaya çarptırılmasını, haklarımızın alınmasını istiyorum.

Ferhat'a birden bire ne olmuştu? Neden ayağa fırlayıp :

— Muhterem Heyet-i Hâkime, diye haykırıyordu.

Kimse akıl erdiremiyordu... Gönüllerde hayret rüzgârları eserken, Ferhat :

— Muhterem Heyet-i Hâkime. Sanığın vekaletini üzerime alıp savunacağımı arz ediyorum, diye haykırdı...

Bahar'ın şikâyet arzuları kursağında kalmıştı. Acı acı yutkundu...

O suskun adam, her ağızın lânetliyerek suçladığı genç, doluka doluka ayağa fırladı. Hareketleri dahi itiraz doluydu... Göz bebeklerinden boşanan ıstırap yüklü pırıltılar, Ferhat'ın üzerinde ısrar ederken:

— Hayır, hayır, diye bağırdı. Sen beni savunamazsın. Çünkü ben kötü, zararlı bir insanım.

Ferhat:

— Savunurum, dedi. Hem de yalanlara tenezzül bile etmeden...

— İstemem, diyorum.

Hâkime döndü:

— Konuşacağım, dedi. Ne istiyorsanız sorun.

Konuşacaktı. Islak gözlerini hakimin üzerinden çekmeden baktı. Hâkim:

— İyi, dedi. Konuş. Önce bu kadar suçlamayı kabul ediyor musun? Ediyorsan nasıl yaptın? Tafsilatlı bir şekilde anlat.

İki üç defa yutkundu. Sonra nefesini genişletip konuşmaya başladı:

— Önce parasını çaldığım şirketten başlayayım. Sahibi İbrahim Bey, beni okutup, sokakların ortasından kurtardı.

Bu insana ilk ihanetimi soygundan daha evvel yaptım. Müsâde ederseniz, beni savunmak isteyen avukata, gizlenmiş bir suçun belgesini vereceğim. Onu avukatım olarak da kabul ettim.

Cebinden katlı bir kâğıt çıkarıp suçlu koltuğuna yaklaşan Ferhat'a uzattı...

— Oku, diyordu.

Ferhat heyecanla satırları süzerken, Kemal anlattı:

— Akşamdı. İşçiler daha yeni çıkıyordu. İbrahim Bey'in odası geç vakte kadar boşalmamıştı. Ziyaretçilerden fırsat bulup izin istemek için yanına girememiştim. Bekledim. Herkes çıkmıştı. Kapısına yaklaştım, karşılaştığım manzara korkunçtu.

Yılmaz mahkemede, İbrahim Bey'in yanında oturuyordu. Kımıldadı, sağa sola baktı, tedirginliği had safhaya gelmişti.

Oturduğu yerden kalkmak istedi. Meseleyi pürdikkat dinleyen İbrahim Bey, Yılmaz'ın endişelendiğinden bile habersizdi.

— Otur, der gibi gayri ihtiyarî bir hareketle, elini Yılmaz'ın dizlerine bastırdı. Yılmaz tek kelimeyle perişandı. Esma sonuca bir an önce varabilmek için çırpınıyordu. Kemal konuşmasını hararetli bir şekilde sürdürüp gerçekler birer birer meydana dökülürken, Ferhat elindeki belgeyi hâkimin önüne bıraktı. Kemal devam ediyordu :

— İbrahim Bey'in oda kapısı açıldı, Yılmaz elinde tabancası ile, dehşet manzarası idi. Şaşırmıştım. İnsafsız bir namlunun gölgesinde, İbrahim Bey'e ilk ve Ferhat'a bilmem kaçıncı ihanetimi yapıyordum. Korktum. Yılmaz :

— Ferhat, İbrahim Bey'i öldürdü, dedi. İçeri baktım İbrahim Bey kanlar içinde yatıyordu. Böylece Esma'yı ben alacağım, diyordu. Kendi işlediği suçu Ferhat'ın üzerine yıkarsak, servetin yarısını bana verecekti. Can korkusuyla her şeyi kabul etmiştim. Fakat Yılmaz'ın elinden, suçu işleyen kendisi olduğuna dair imzalı bir yazı aldım.

Kendi kurtuluşum için, büyük bir yıkılışı kabul ediyordum.

Şimdi salondan kaçabilmenin yollarını arayan katil namzedi, öldürmek istediği adamın yanında oturuyor.

Kemal'in belgeli ihbarı Yılmaz'ın terler içinde kıvranışına sebep oluyordu.

Esma hıçkırıklarını tutamamıştı.

— Rezil insan, diye bağırarak mahkeme salonunu inletti.

Kendisine hâkim olamıyarak Yılmaz'ın suratına nefretle tükürdü.

Savcı,Kemal'in belgeli konuşmasını ihbar bilip emniyet mensuplarına Yılmaz'ı yakalamalarını emretti.

Yılmaz kordon altında suçlu koltuğuna getirilirken, Bahar sevinçliydi.

İbrahim Bey sadece :

— Ferhat, diye mırıldandı. Asil çocuk...

Hâkim gürültülere ara verip Kemal'e hitab etti :

— Devam ediniz.

— İkinci ihanetim soygundur. İtiraf ediyorum. Üçüncü suçum Ferhat'ı yaralamaktır. Fakat bu sadece bir kazadan ibaretti. Arkamdan gelmemesi için ikaz ediyordum. Çünkü yakalanmamam lâzımdı. Önemli işlerim vardı. Yarıda kalmasını istemiyordum...

Hâkim lafa karıştı :

— Önemli işlerim, dediğin son yaptığın iki soygun mu yoksa?

— Evet, diye sızlandı. Son iki soygun. Aslında buna soygun bile denmez ya... Şayet sözlerimi kesmeden beni dinlemek zahmetinde bulunursanız, size onları da anlatacağım. Evet, yine tekrar ediyorum ki, son yaptıklarım soygun değildi.

Hâkim şaşırdı :

— Nasıl yani?.. Tarif ettikleri kişi sen değil misin?

— Yanılmadılar Hâkim bey, ben Kemal Budak. İhmale uğramış bir neslin en canlı misali...

Bana hakaret ederek şikâyette bulunan şahısları, isteyerek ve zevkle soydum. Istırap çekmelerinden zevk aldım.

Kadın :

— Küstah, diye haykırıp mahkeme salonunu çınlattı.

Hâkim dışarıdan kimsenin konuşmasını istemiyordu. Susturdu...

Ferhat şikâyetçileri isimlerinden tanımıştı. Onları hayret dolu pırıltılarla tepeden tırnağa incelerken. Kemal konuşmasına devam etti :

— Şikâyetçi hanım ve bey, beni yetiştiren insanlara lânet yağdırdılar. Bu sözlerinde oldukça haklılar. Evet, beni yetiştiren küstah, bencil, lânetlenmeye lâyık bir ailedir. Benim şiddetle cezalanmamı istediler.

Şehadet parmağını, silâh namlusu gibi, hitap ettiği şahısların üzerine çevirip, hiddetle bağırdı :

— Bu insanlar, cinnet getirmiş cemiyette, bulundukları yerin rengini alan, iki yüzlü bukalemunlardır. Evet her araziye rahatlıkla kendilerini uydurabilenler birer bukalemundan başka, hiçbir şey değildir.

Gözüken yüzleriyle insan, iç yüzleriyle câni olan bunlar cinnet getirmiş cemiyetin adi birer fertleridir. Hem kendileri suç işleyip, hem de bu suçtan şikâyetçi olmak elbette gülünçtür. Bunlar, bu kendilerini zevk duyarak iple bağladığım insanlar var ya, Hâkim bey... Bu insanlar benim annem ve babamdır... Annem ve babam, diye bağırdı.

Mahkeme huzurunda okunan adımı bile unutan bu zavallılar, beni sokakların ortasına günah işlesin diye doğuran insanlardır. Çiftçi ne ekmiş ise onu biçer.

Rüzgâr olarak beni cemiyetin arasına ekenler, bir gün fırtına olarak biçeceklerini bilmeleri gerekirdi...

Soruyorum Hâkim bey. Beni sokakların göbeğine paçavra gibi fırlatıp kaderime terk eden ana ve babayı benim yerime, mahkeme etme hakkı size verilseydi bu dava vicdanınızda nasıl bir sonuca bağlanırdı? Bu insanları, cemiyete bıraktıkları eseri görsünler diye soydum. Bu olay kendilerine, mahkemeye geliş davetnamesi olacaktı.

Benim gibi yetişen bir nesil, hayat denilen azgın selin üzerine, ancak kendi geçebileceği köprüyü kurar. Yürüdükçe geride kalan her şeyi yıktığından habersizce...

Benim şahsiyet hamurumu yoğuran bu şahıslar ve bunu dondurup katılaştıran bu cemiyettir.

Aciz bir insanın fikirleri, kanaatleri, her şeyi acizdir. Buna rağmen bırakın boşalayım...

Cemiyetler, dünya kurulalıdan bu güne, zaman zaman şiddetle dalgalanan, bulanan denizler gibidir. Bir Sodom ve Gomore olayı, Ad Kavmini yok eden ahlâksızlık, Babil'in asma bahçelerini harabeleştiren ahlâksızlık, Roma İmparatorluğu'nun büyük şehri Pompe'inin yıkılışını hazırlayan ahlâksızlık, Mısır kraliçesini yabancıya metres yaptıran ahlâksızlık, kadim Yunan'ın altın çağını silip süpürerek yerine bir ateş ve kan çağı getiren ahlâksızlık, Almanya karşısında on dokuzuncu asrın kudretli Fransa'sını dize getiren ahlâksızlık... Ve daha sayısız yüceleri cüceleştiren ahlâksızlık, yine dünyanın üzerinde, aynı korkunç manzarasını göstermektedir. Korkunç dalgaların oynadığı bir zamanı yaşıyoruz. Bu büyük dalgalanmalar durulmakla bitmezse, dalgalar birbirlerini boğacaklardır. İşte bozukluk bu noktaya kadar gelmiştir. Kemal böyle bir cemiyetin, böyle bir zihniyetin mahsûlüdür.

Ben ne sâbık annemin tarif ettiği gibi tipik bir insan azmanı, ne de gönlümü hoş tutabilmek için, beni sokaklara terk eden babamın, şikâyetindeki enteresan vahşet modeliyim. Yirminci asrın itina ile yetiştirdiği, maneviyata düşman, maddeye köle olmuş, bayağı ve âdi bir insan portresiyim. Artık her hanede bu modele rastlamak güç değildir.

Daha benden beter binlercesi var. Köprü altlarında, virane köşelerinde sokakların göbeğinde, bünyesi her fenalığa açık binlerce insancık...

Bu çılgın dünya, yaşadığı şuursuz hayatın müsbete dönüşünü sağlayamazsa, asıl suçlular günahlarını unutup, başka başka suçlu ararlarsa, edep ve haya sokakların ortasında çıplak gezmeye devam ederse, insanlık ikinci bir Nuh tufanına gebe kalacaktır.

Herkesin karşısında hıçkıra hıçkıra ağlıyordu. Elini cebine sokup, bir miktar para ve mücevher çıkardı.

— Alsınlar, dedi. Artık ben maddenin kölesi değilim. Suçumun karşılığı cezam ne ise çekmeye hazırım.

Ana ve baba taştan daha katı kesilmişlerdi. Kendilerini lânetleyen bakışlara cevap vermeden, terler dökerek önlerini gözetleyip susmayı tercih ediyorlardı.

Kemal'in son sözü:

— Başka kimin hakkı var ise gelip alsın, olmuştu.

Bahar acıdı, üzüldü.

— Benim şikâyetim Mevlâ'ya kalsın, dedi.

Salonu çarçabuk terkedip adliyenin dış merdivenlerinde Ferhat'ı beklemeye başladı. Hasret, saniyeleri asırlaştırırken, ilerde bir noktaya hayretle baktı. Sanki gözlerine bile inanamıyordu.

— Ferhat, diye yükselen sesi, gökkubbeye merdiven kurdu.

Ferhat bu kararsız seslenişin sahibini bulup, ısrarla baktı:

— Kim bu tesettüre bürünmüş hanım? diye sayıkladı.

Olduğu yerde durakladı. Kendisine koşan kıza bön bön baktı. Bahar esrarengiz bakışların perdesini çoktan aralamıştı.

— Ben Bahar'ım. İkiz kardeşin. Kız kardeşin Bahar, diye heyecanlandı.

Donuk bir mırıldanış, Ferhat'ı hayret komasından, yeni yeni çıkartmaya başlamıştı.

— Bahar, diye hayretini açığa vurdu.

İki kardeş sokağın ortasında, birbirlerine hasretle sarılmıştı.

Bahar, kardeşinden aralanıp yaralı koluna üzüntüyle bakarken:

— Yaran acıyor mu? diye sordu.

Ferhat buruk bir acıyla gülümsedi:

— Kolumdaki yara değil, içimdeki görülmeyen yaralar var ya, işte onlar acıyor.

Islak gözleri, arkasında konuşmak için sıra bekleyenlere takılmıştı.

Bahar, utanarak kardeşinden aralanıp, geri çekildi. Bir ses Ferhat'a hitap ediyordu:

— Ferhat...

Arkasına döndü... Utanmıştı. Öpmek için eline uzandı. İbrahim Bey Ferhat'ın alnından öperken, Esma ağlıyordu:

— Geçmiş olsun. Sana büyük haksızlıklarda bulundum. Hakkını helâl et.

Esma'ya döndü:

— Üzülme, dedi. Beni haksız yere suçlayan tek insan sen olmadın. Zaman bizi böyle şeylere alıştırdı. Yıkılmayan İslâm nizamı, böyle terkedildi. İnsanlar, bilmedikleri her şeyin düşmanıdır. Çağın, öcü gibi gösterdiği İslâmiyet ve onun mensupları, kasıtlı ve tahripkâr faaliyetlere, iftiralara uğradı. Gerçeklerin üzerine kara perdeler asılıp, hakkında anlatılan bin türlü yalanla bu hale geldik.

İbrahim Bey kızının ezilen hissiyatını fark edip Ferhat'a sordu:

— Esma'yı affedip, yarıda bırakılan işleri tamamlamak ister misin?

Kafasını müsbet mânâda önüne eğip sükûn etti. Ve az sonra kısık bir sesle mırıldandı:

— Mevlâ'nın yazıp lûtfettiği böyle bir nimeti, başıma taç kabul ederim.

Hoca hanım ve ufaklık, olanları gerilerden seyredip, sevinç göz yaşları döküyordu.

Esma:

— Sen bataklıkta yetişmiş güller gibisin, dedi. Şayet, kabul ediyorsan yarıda kalan her şey tamamlansın.

Ferhat demir parmaklıkların arasından suratına fırlatılan alyansı Esma'ya uzatırken:

— Dikenler olmasa, güllerin kıymeti bilinmezmiş dedi...

Bahar yanlarında, geride kalanlar, arkalarından onları takip ederlerken, Ferhat, Esma ve Bahar yürüdü...

Esma gözlerinden taşan merakı, dilinin pervanesine verip, hitap etti:

— Sana bir sorum var.

— Seni dinliyorum.

— Sana hayatı zindan eden, canına kastedip kurşunlara hedef tutan, varlığını ve bütün başarılarını kıskanan bir insanı affetmek şurada dursun, nasıl savunursun?

Yüksek ölçüde bir ıstırap dalgasının sancısını çekiyordu. Buruk bir acıyla gülümsedi:

— İstersen, anlatacağım bir hikâye sana cevap olsun.

Büyük zatlardan Ebu Osman Hazretlerinin üzerine, bir sokaktan geçerken kül dökerler. O muhterem insan, atından yere inip, üzerindeki külleri silkeleyerek temizlemeye çalışır. Az sonra temiz bir yere çekilip şükreder, secdeye kapanır... Başına birikenler kendisinden sorar:

— Üzerinize kül dökenlere niçin kızmadınız?

O müsterih, bir gönülle cevap verir:

— Ateşe müstehak olan kimse, kül ile kurtulursa, kurtaranlara kızar mı, yoksa hürmet mi eder? Orasını Allah bilir...

SON